CB131498

Por que amamos ler?

Um livro é como um
jardim dentro do bolso.*

*Provérbio chinês

Coletânea, s.f.: lat. collectanèa, 'apontamentos ou extratos colhidos de vários livros', conjunto de trechos seletos de diferentes obras, um livro que reúne receitas, aforismos, poemas e excertos para consulta futura.

(Dicionário Houaiss da Língua Portuguesa)

Brian Bristol

Por que amamos ler?

Grandes escritores tentam explicar nosso fascínio pela leitura

Tradução de
Thereza Christina Rocque da Motta

Editora Novo Conceito

Título original: *Why we read?*

Copyright © 2008 by Brian Bristol
Copyright © 2008 by Editora Novo Conceito
Todos os direitos reservados.

Publicado de acordo com a D4EO Literary Agency.

Editores: Pedro Almeida e Bete Abreu
Assistentes Editoriais: Marília Mendes e Sonnini Ruiz
Coordenação de Marketing: Priscila Brauner
Produtor Gráfico: Samuel Leal
Tradução: Thereza Christina Rocque da Motta
Preparação de Texto: Faro Editorial
Revisão de Texto: Adriana de Oliveira e Frederico Dentello
Capa, Projeto Gráfico e Diagramação: Osmane Garcia Filho
Imagem de Capa: © Blue Lantern Studio/Corbis/LatinStock

Dados Internacionais de Catalogação na Publicação (CIP)
(Câmara Brasileira do Livro, SP, Brasil)

Bristol, Brian
Por que amamos ler? : grandes escritores tentam explicar nosso fascínio pela leitura / Brian Bristol ; tradução de Thereza Christina Rocque da Motta. -- São Paulo : Novo Conceito Editora, 2008.

Título original: Why we read?

ISBN 978-85-99560-56-3

1. Aforismos e apotegmas - Coletâneas
I. Título.

08-10067 CDD-808.882

Índices para catálogo sistemático:
1. Frases : Coletâneas : Literatura 808.882

Editora Novo Conceito

Rua Sansão Alves dos Santos, 102 • 2º andar • Cj. 21
Brooklin Novo • CEP 04571-090 • São Paulo - SP
Telefones: [11] 5102-4770 • 5102-4834
www.editoranovoconceito.com.br

Sumário

Crédito de imagens:

Still Life With Bible 1886, Vincent Van Gogh, *página 2;* Das Lesende Mädchen, Johann Georg Meyer Von Bremen, *página 09;* A Young Girl Reading 1776, Jean Honore Fragonard, *página 11;* St. Catherine Reading A Book, Carlo Dolci, *página 13;* Louis Auguste Cezanne Father of the Artist Reading 'l'Evenement' 1866, Paul Cezanne, *página 17;* Reading a Letter, Delphin Enjolras, *página 19;* Going to Business, James Tissot, *página 21*; Lev Tolstoy at His Desk, Nikolai Nikolaevich Ge, *página 22*; Claude Monet Reading, Pierre-Auguste Renoir, 1872, *página 24;* Lady Reading the Letters of Heloise and Abelard 1780, Auguste Bernard d'Agesci, *página 26*; Soap Bubbles And Reading About Fashion, De Metz Francois-Louis Lanfant, *página 28*; Sunlight and Shadow, Homer Winslow, *página 29*; Girl Reading A Letter At An Open Window 1657, Jan Vermeer, *página 31* Four Evangelists, Jacob Jordaens, 1625-30, *página 33;* An Early Reading of Shakespeare, Solomon Alexander Hart, *página 34* Without a Dowry aka Sunday in the Luxembourg Gardens, ames Tissot, 1883-85, *página 37*; The Poor Poet, Carl Spitzweg, *página 39;* Meyer de Haan 1889, Paul Gauguin, *página 40;* The New Novel, Homer Winslow, *página 42-3;* The lesson 1837, Ferdinand Georg Waldmüller, *página 47;* Spelling it Out (também como The Shoeshine Boy), Thomas Waterman Wood, 1879, *página 51*; Madame de Pompadour, François Boucher, *página 53*; Man Reading, John Singer Sargent, *página 55;* Book for three, Carl Larsson, 1912, *página 57*; Die Dorfpolitiker, Wilhelm Leibl, 1871, *página 58*; Der gekrönte Redner, Jan Steen, (1665), *página 61;* A Lady Reading a Newspaper 1886, Carl Larsson, *página 63;* Suzanne Reading and Blanche Painting by the Marsh at Giverny 1887, Claude Monet, *página 65;* Auguste Reading to Her Daughter 1910, Mary Cassatt, *página 66;* A Young Woman Reading, 1866-8, Gustave Coubert, *página 67;* The Reading Lesson, Knut Ekvall, *página 68;* Childrens Pastimes, Gad Frederik Clement, *página 70;* Lady by a window writing, Georg Friedrich Kersting, *página 73;* The bookworm, Carl Spitzweg, *página 75;* An Interior with a Woman Reading 1885, Carl Larsson, *página 76;* The Artists Son Titus At His Desk 1655, Rembrandt, *página 79;* The Reader (aka Young Woman Reading a Book) 1875-1876, Pierre Auguste Renoir, *página 80;* Lesendes Mädchen, Franz Eybl, *página 85*; St. Jerome2, Michelangelo Merisi da Caravaggio, *página 87;* The Writing Master (Benjamin Eakins) 1882, Thomas Eakins, *página 89;* Sacra Conversazione, Giovanni Bellini, *página 93;* Ein Besuch, Carl Spitzweg, *página 95;* Vinhetas, Project Gutenberg; Ilustrações de flores, © Talex_des, Dreamstime.com.

Introdução

Coletâneas não são livros comuns. Escritores fazem anotações em agendas e muitos ainda mantêm diários, mas o fácil acesso à informação — especialmente na era da internet — transformou um livro de frases ou ditados favoritos que reúna fatos ou conceitos importantes em um pouco mais que uma mera curiosidade de outra época. As coletâneas se originaram na Renascença, quando os livros ainda eram objetos caros para a grande maioria que quisesse possuir uma biblioteca, mas o papel se tornou barato o suficiente para os leitores começarem a colecionar trechos importantes para seu uso pessoal. Hoje ainda não se extinguiram, mas certamente são poucas e raramente publicadas. Mesmo com a facilidade da internet, no entanto, é difícil usar um computador no ônibus e no metrô e, se tem um ar de avanço e tecnologia, não possui o mesmo charme e identidade; então, ainda há espaço para livros com uma coleção de poemas ou piadas – até com citações sobre livros e leitura.

Sem dúvida, tornei-me um viciado em coletâneas graças à minha avó, que viveu nos primeiros três quartos do século xx. Depois que ela morreu, descobrimos caixas e caixas com cadernos de anotações cheios de cópias de poemas e recortes que tinham vital importância para ela. Em especial, descobrimos que ela era uma "fã de Gerry", ou seja, uma garota que colecionava páginas e páginas de matérias, artigos de jornais, programas — qualquer coisa relacionada à grande diva, Geraldine Ferrar, que minha avó adorava quando era adolescente, quando sonhava em se tornar cantora de ópera. Era uma versão típica de coletâneas do começo do século passado.

Comecei a colecionar citações sobre livros por volta dos 16 anos, quando li a famosa frase de Cícero "um quarto sem livros é como um corpo sem alma". Como o meu quarto tinha livros nas prateleiras, debaixo da cama, espalhados pelo chão, no beiral das janelas, praticamente em todo o espaço disponível, eu me convenci de que talvez a minha idéia de decoração não era tão ruim assim. Embora meus "recortes" não me transformassem em um grande escritor, a proximidade espiritual com outros homens das letras alimentou meu ego, quem sabe a minha alma.

Nos anos seguintes, durante a faculdade e a minha graduação (até mesmo na Faculdade de Economia) guardei uma caixa com cartões 7x12 cm com uma pequena, mas crescente, série de transcrições de trechos destinada a aquecer o coração de um bibliófilo. O resultado desta paixão pessoal é o livro que está agora em suas mãos, que inclui trechos escritos pelos maiores escritores de todos os tempos. É simplesmente um compêndio de comentários sobre livros feitos por quem gostava de ler ao menos tanto quanto eu. Serve para nos lembrar do modo como os livros nos humanizam, nos aproximam, faz aflorar o que temos de melhor; faz nos lembrar que livros causam impacto e que a leitura é importante. Que os leitores são importantes.

O material desta coleção vai da época de Cícero até David Sedaris, de livros escritos em pergaminhos a livros impressos por demanda, da tradição oral até o Kindle da Amazon.com. Para facilitar a consulta, organizei as frases por assunto, então aqueles que não quiserem saber o que os inimigos da leitura têm a dizer sobre o "Mau Uso" de livros poderão evitar seus comentários. A parte sobre "Os Escritores" fala por si mesma, sobre "O Lúdico" reflete como livros preenchem os momentos de ócio com prazer, sobre "A Didática" aponta o caminho para aplicações de ordem mais prática. Na parte sobre "A Ironia", até o erudito mais empedernido poderá encontrar razões para sorrir, enquanto as palavras de "O Grande" refletem a modéstia ante a palavra impressa que o título da seção indica.

Todos os citados neste livro escolheram cuidadosamente as palavras, assim suas palavras nos livros refletem mais que o pensamento acidental. Espero que aprecie lê-los tanto quanto gostei de colecioná-los, e que possa apontar qualquer erro ou omissão inadvertida graças ao entusiasmo, preconceito pessoal ou falta de diligência do compilador. Espero também que reconheçam, subjacente a tudo isso, a infinita paciência de uma esposa e de três filhos, que tiveram de ouvir a inúmeros discursos sobre o que um escritor morto há muito tempo disse sobre livros e leitura.

O autor

O uso

Como escolher e ler um bom livro? Como não escolher um que seja ruim? Quanto devemos deixar que eles influenciem nossa vida? Essas são questões importantes para leitores sérios. Sim, eu disse leitores sérios porque, embora esse pequeno volume seja fácil de pegar e largar, ele condensa o que os grandes escritores revelaram sobre o seu hábito de ler. "O Uso" sugere modos de responder a todas essas perguntas e poderá fazê-lo pensar nos porquês e nas utilidades da leitura. Afinal, mesmo a leitura de material mais cotidiano merece atenção, pelo menos quanto à sua escolha, então, deixe esta primeira parte abrir a sua mente para o uso adequado dos livros. No final das contas, o melhor conselho vem de Santo Agostinho: "Pegue e leia! Pegue e leia!".

Um verdadeiro grande livro deve ser lido na juventude, outra vez na maturidade, e novamente na velhice, como um edifício bem construído deve ser visto sob a luz da manhã, sob o sol a pino, e à luz do luar.

– ROBERTSON DAVIES (1813-1914)

Ao ler, deverá ser possível perceber e apreciar os detalhes.

– VLADIMIR NABOKOV (1899-1977)

Vista um agasalho velho e compre um livro novo.

– AUSTIN PHELPS (1820-1890)

Um livro é como um jardim dentro do bolso.

– PROVÉRBIO CHINÊS

Um livro é um jardim, um pomar, um armazém, um grupo de pessoas, uma companhia, aliás, um conselheiro, uma multidão de consultores.

– HENRY WARD BEECHER (1813-1887)

A literatura acrescenta à realidade, não apenas a descreve. Ela enriquece os aspectos necessários que o cotidiano requer e provê; na realidade, ela irriga os desertos em que nossas vidas se tornaram.

– C. S. LEWIS (1898-1963)

A única razão para existir um romance é ele não tentar substituir a vida.

– HENRY JAMES (1843-1916)

O melhor de um livro não é o pensamento que ele contém, mas o pensamento que ele sugere; assim como o encanto da música não está nos tons, mas nos ecos que produzem em nossos corações.

– OLIVER WENDELL HOLMES (1809-1894)

Os livros permitem que penetremos em suas almas e abrem-nos os nossos próprios segredos.

– WILLIAM HAZLITT (1778-1830)

Lemos para descobrir que não estamos sozinhos.

– C. S. LEWIS (1898-1963)

O que é a leitura, senão um diálogo silencioso?

– WALTER SAVAGE LANDOR (1775-1864)

A leitura existe para nos ajudar a pensar.

– EDWARD GIBBON (1737-1794)

Bons livros não tornam ninguém mais sábio ou mais feliz – apenas mais consciente.

– MASON COOLEY (1927-)

A finalidade da leitura não é mais livros e, sim, mais vida.

– B. F. SKINNER (1904-1990)

Há livros cujas notas de rodapé ou comentários rabiscados por algum leitor nas margens são mais interessantes que o texto. O mundo é exatamente como esse livro.

– GEORGE SANTAYANA (1863-1952)

A leitura está para a mente como o exercício está para o corpo.

– RICHARD STEELE (1672-1729)

O melhor efeito de um livro é transformar o leitor em autodidata.

– THOMAS CARLYLE (1795-1881)

O bom livro é o que
Me faz ser útil;
O Pensamento sem Vontade
Transforma Apolo em um imbecil.

– RALPH WALDO EMERSON (1803-1882)

Não se tira nada dos livros a não ser o que emprestamos a eles.

— GEORGE BERNARD SHAW (1865-1950)

Ninguém compreende os livros até certa idade, ou não consegue compreender um livro denso, até ter visto e vivido, pelo menos em parte, o que ele contém.

— EZRA POUND (1885-1972)

Ler sem refletir é o mesmo que comer sem digerir.

— EDMUND BURKE (1829-1797)

Eu definiria o efeito poético como a capacidade do texto de continuar a gerar diferentes leituras, sem jamais ter sido completamente consumido.

— UMBERTO ECO (1932-)

Este livro, se quiserem ler alguma coisa nele, pede que seja lido na atmosfera translúcida e crepuscular em que ele foi escrito; aberto à luz do dia, suas páginas poderão parecer excessivamente brancas.

— NATHANIEL HAWTHORNE (1804-1864)

Nunca termine de ler um livro apenas porque o começou.

— JOHN WITHERSPOON (1723-1794)

Ele [Plínio, o Velho] costumava dizer que "nenhum livro era por demais ruim, porém alguns bons livros podem ter nascido dele".

— PLÍNIO, O JOVEM (CA. 30-112)

Mesmo os maus livros são bons e, por isso, sagrados.

— GÜNTER GRASS (1927-)

Livros não foram feitos para serem acreditados, e sim para serem postos em dúvida.

— UMBERTO ECO (1932-)

Exijo que meus livros sejam julgados com a maior severidade por eruditos que conheçam a gramática e a lógica, que procurarão sob as minhas vírgulas, as origens dos meus pensamentos na mente do meu estilo.

– LOUIS ARAGON (1897-1982)

Livros podem ser perigosos. Os melhores deveriam ter um rótulo que dissesse: "Este livro pode mudar sua vida".

– HELEN EXLEY (1943-)

Os livros que lemos deveriam ser escolhidos com todo o cuidado, pois eles podem ser, como escreveu um faraó sobre sua biblioteca, "o remédio da alma".

– PAXTON HOOD (1820-1885)

Um livro é o único lugar onde se pode examinar um pensamento frágil sem quebrá-lo, ou explorar uma idéia explosiva sem que estoure na nossa frente.

– EDWARD P. MORGAN (1910-1993)

Para escolher um bom livro, consulte a lista dos livros proibidos pelo Index.

– JOHN AIKEN (1747-1822)

Acho que deveríamos ler apenas os livros que nos ferem e apunhalam... Precisamos dos livros que nos afetam como um desastre, que nos façam sentir sorumbáticos, como a morte de alguém que amávamos mais que a nós mesmos, como ser exilado para o meio de uma floresta, longe de todos, como um suicídio. Um livro pode derreter o mar congelado que há dentro de nós.

– FRANZ KAFKA (1883-1924)

Escrever uma história ou um romance é um modo de descobrir a seqüência na experiência, de tropeçar na causa e efeito dos acontecimentos na própria vida do escritor.

– EUDORA WELTY (1909-2001)

Todos os livros são sonhos ou espadas. Você pode cortar ou medicar com palavras.

– AMY LOWELL (1874-1925)

Na verdade, deveríamos ler pelo poder. O homem que lê deveria estar intensamente vivo. O livro deveria ser uma bola de luz nas mãos de quem o lê.

— EZRA POUND (1885-1972)

Há apenas um modo de derrotar o inimigo: escrever o melhor possível. Um bom livro é um argumento inegável.

— SAUL BELLOW (1915-2005)

Ler é um instrumento básico para se ter uma boa vida.

— MORTIMER J. ADLER (1902-2001)

Alguns livros devem ser experimentados, outros, engolidos, e alguns, mastigados e digeridos.

— SIR FRANCIS BACON (1561-1626)

Conheci um cavalheiro que administrava tão bem o seu tempo, que não perdia sequer a menor porção em que o chamado da natureza o obrigava a fazer suas necessidades, revisando, pouco a pouco, nesses momentos, todos os poetas latinos.

— PHILIP STANHOPE, CONDE DE CHESTERFIELD (1694-1773)

O pão feito com farinha é bom, mas há o pão, doce como o mel, que degustamos em um bom livro.

— JOHN RUSKIN (1819-1900)

Os livros são as abelhas que carregam o célere pólen de uma mente à outra.

— JAMES RUSSELL LOWELL (1819-1891)

Foram os livros que me ensinaram que o que mais me atormentava era o que me ligava a todas as pessoas vivas ou que já tinham vivido.

— JAMES BALDWIN (1924-1987)

Ler é tomar emprestado.

— GEORG CHRISTOPH LICHTENBERG (1742-1799)

Um livro, como uma pessoa, tem seu destino selado por alguém; tem sorte ou azar no exato momento em que aparece no nosso caminho e, em geral, por uma feliz coincidência, conta conosco para algo mais do que apenas o seu valor intrínseco.

– WALTER PATER (1839-1894)

O bom de um livro está em ser lido. O livro é feito de signos que falam de outros signos, que, por sua vez, falam de coisas. Sem ter um olho para entendê-los, um livro contém signos que não produzem conceitos; por isso é mudo.

– UMBERTO ECO (1932-)

Quando publicamos um livro, ele pertence ao mundo. O mundo o edita.

– PHILIP ROTH (1933-)

Dê livros de presente no Natal – religiosos ou de qualquer outro tipo. Eles nunca engordam, raramente são pecaminosos e sempre são pessoais.

– LENORE HERSHEY (1919-1997)

O maior dom é a paixão pela leitura. É barata, consola, distrai, emociona, dá-nos conhecimento sobre o mundo e uma enorme experiência. É uma iluminação moral.

– ELIZABETH HARDWICK (1916-2007)

O verdadeiro propósito dos livros é fazer com que a mente pense por si mesma.

– CHRISTOPHER MORLEY (1890-1957)

O livro que deve ser lido não é aquele que pensa por você, mas aquele que o faz pensar.

— JAMES MCCOSH (1811-1894)

Criança! Não descuides deste livro;
Contenha o prazer profano
De recortar todas as gravuras!
Guarda-o como teu maior tesouro!

— HILAIRE BELLOC (1870-1953)

Não leia para contradizer e refutar, nem para discorrer ou argumentar, mas para pesar e ponderar.

— SIR FRANCIS BACON (1561-1626)

Há dois bons motivos para ler um livro: o primeiro, para apreciá-lo; o segundo, para gabar-se de tê-lo lido.

— BERTRAND RUSSELL (1872-1970)

Não prejulgue os clássicos muito rapidamente. Ou os contemporâneos. Escolha um livro para ler agora novamente contra o seu gosto pessoal, ou o que acredita ser o seu gosto pessoal.

— JOYCE CAROL OATES (1938-)

Há apenas uma forma de ler, que é olhar ao acaso em bibliotecas e livrarias, pegando livros que chamem a sua atenção, lendo apenas esses, pondo-os de lado quando o aborrecem, pulando as partes tediosas – e nunca, nunca ler nada por julgar que necessita, ou por pertencer a uma tendência ou um movimento. Lembre-se que o livro que o aborrece aos 20 ou 30 anos lhe abrirá portas quando tiver 40 ou 50 – e vice-versa. Não leia um livro quando não for o momento certo para lê-lo.

— DORIS LESSING (1919-)

Ao citar livros, cite os autores mais lidos; os outros, poderá lê-los para seu próprio prazer, mas sem mencioná-los.

— JOHN SELDEN (1584-1654)

O melhor modo de se tornar um bom escritor é ler bons textos, lembrar deles, e depois esquecer onde os leu.

– GENE FOWLER (1890-1960)

O mundo, deve-se lembrar, está aprendendo a ler. À medida que a leitura se torna mais habitual e difundida, um número cada vez maior de pessoas descobrirá que os livros lhes dão todos os prazeres da vida social e nenhum de seus tédios insuportáveis.

– ALDOUS HUXLEY (1894-1963)

Não há nenhum bem em não ser generoso, mesmo com um livro, e calculando lucros – recebendo tanta ajuda por tanta leitura. Quando nos esquecemos de nós mesmos, e mergulhamos fundo, em um livro, apaixonados por sua beleza e verdade – é quando recebemos o maior benefício que há no livro.

– ELIZABETH BARRETT BROWNING (1806-1861)

O livro é um mudo que fala, um surdo que responde, um cego que guia, um morto que vive.

– PADRE ANTÔNIO VIEIRA (1608-1697)

O livro foi a maior invenção da história e a base de todas as outras conquistas da civilização.

– DARCY RIBEIRO (1922-1997)

Livros relidos são livros eternos.

– MACHADO DE ASSIS (1839-1908)

As polêmicas passam, mas os livros ficam.

– MILTON HATOUM (1952-)

Tolle et lege! Tolle et lege!
(Pegue e leia! Pegue e leia!)

– SANTO AGOSTINHO (354-430)

O mau uso

Platão expulsou os poetas de sua cidade ideal. Isso mostra como a idéia do mau uso dos livros, ou pelo menos dos autores, é antiga. O incêndio da biblioteca de Alexandria talvez tenha sido o crime mais infame praticado contra os livros na Antiguidade, mas a queima de livros é provavelmente anterior, e as ações praticadas pelos governantes totalitários no século XX demonstraram que essas atitudes sempre se repetirão. Há, no entanto, outros modos de causar danos aos livros e à leitura: torná-los escassos ou excessivos; muito restritos ou muito amplos; impensados, ou, possivelmente, o pior de todos: não levar em consideração o lugar da leitura dentro da vida das pessoas. Ler pode ser com frequência uma atividade solitária, mas nunca deve ser isolada. As citações contidas em "O mau uso" refletem os preconceitos de amigos e inimigos da leitura, e nos mostram não apenas como maltratar os livros, mas como usar mal o privilégio da leitura. O obscuro pressentimento de Heine sobre os crimes nazistas, como a queima dos livros, pode chocar e entristecer, mas, provavelmente, o tipo mais triste de censura é aquele que impomos a nós mesmos ao limitar nossas leituras.

Aprender é, na maioria dos casos, apenas parte do bom senso; um substituto do verdadeiro conhecimento. Os livros são menos usados como "lentes" para ver a natureza que cortinas para obscurecer a sua luz e ocultar a paisagem de olhos debilitados.

– WILLIAM HAZLITT (1778-1830)

Quando a imprensa foi criada no século XV, disseram que os livros impressos transformariam a leitura e a escrita "na paixão de pessoas que não precisariam ler nem escrever".

– JAMES BURKE (1936-)

Cercear a imprensa é insultar uma nação; proibir a leitura de certos livros é declarar seus habitantes como tolos ou escravos.

– CLAUDE ADRIAN HELVETIUS (1715-1771)

A censura se encerra logicamente em si mesma quando ninguém pode ler nenhum livro, exceto os livros que ninguém lê.

– GEORGE BERNARD SHAW (1865-1950)

Deus me livre de um livro ser proibido. Essa prática é tão impensável quanto o infanticídio.

– REBECCA WEST (1892-1982)

O livro que lemos por dever ou por obrigação lemos sem paz.

– WILLIAM DEAN HOWELLS (1837-1920)

Não se deixe afetar como algumas pessoas, cuja ambição por livros os fazem ter bibliotecas abarrotadas e nenhum conhecimento; desejar ter muitos livros e nunca usá-los é como dormir ao lado de uma vela acesa.

– HENRY PEACHAM (1576-1643)

Triste aquele que lê somente um livro.

– GEORGE HERBERT (1593-1633)

Um livro fechado é apenas um calhamaço de papel.

— PROVÉRBIO CHINÊS

Quem não lê bons livros vale tanto quanto quem não pode lê-los.

— MARK TWAIN (1835-1910)

Cuidado para não ser engolido pelos livros! Um grama de amor equivale a um quilo de conhecimento.

— JOHN WESLEY (1703-1791)

Possuir um livro substitui sua leitura.

— ANTHONY BURGESS (1917-1993)

Os livros antigos ainda são novos para quem não os leu.

— SAMUEL BUTLER (1835-1902)

Os livros são um clorofórmio abençoado para a mente.

— ROBERT CHAMBERS (1802-1871)

Profundo em livros e raso em relação a si mesmo.

— JOHN MILTON (1608-1674)

Escrever livros longos é uma tolice trabalhosa e empobrecedora: estender por 500 páginas uma idéia que poderia perfeitamente ser explicada em poucos minutos.

— JORGE LUIS BORGES (1899-1986)

A experiência é filha do pensamento e o pensamento é filho da ação. Nao conhecemos os homens pelos livros.

— BENJAMIN DISRAELI (1804-1881)

Cave ab homine unius libri.
(Cuidado com o homem que tenha apenas um livro.)

– EPIGRAMA LATINO CITADO POR ISAAC D'ISRAELI (1766-1848)

Não leia apenas livros, mas homens e, entre eles, principalmente a si mesmo.

– FRANCIS QUARLES (1592-1644)

Os livros que o mundo chama de imorais são aqueles que lhe mostram a sua própria vergonha.

– OSCAR WILDE (1854-1900)

Matar um homem é quase o mesmo que matar um bom livro: quem mata um homem, mata uma boa criatura, feita à imagem de Deus; mas quem destrói um bom livro, mata a própria razão.

– JOHN MILTON (1608-1674)

Há crimes piores que queimar livros. Um deles é não lê-los.

– JOSEPH BRODSKY (1940-1996)

Que grande progresso fizemos! Na Idade Média, eu teria sido queimado vivo. Hoje se contentam em queimar meus livros.

– SIGMUND FREUD (1856-1939)

Desconfio de livros de sucesso, e desses, em geral, só vou ler os que tiveram um tempo de decantação.

– JOSÉ MINDLIN (1914-)

Toda vez que queimarem livros, acabarão, no final, por queimar pessoas.

– HEINRICH HEINE (1797-1856)

Os clássicos

Como F. Scott Fitzgerald destaca, ler Shakespeare é o mais próximo que um leitor chega do mito grego de Tântalo. Quando pensamos que o compreendemos e podemos dar à sua obra "um lugar e uma denominação", sua lógica nos ilude, e nos perdemos quanto ao significado, incapazes de entender inteiramente o que ele quis dizer. Shakespeare é apenas o exemplo mais óbvio dessa tendência de grandes autores de conturbar uma definição ou interpretação simples. Apesar da alusão cínica feita por Mark Twain de que os escritores mais conhecidos são, em geral, mais reverenciados que lidos, outras citações em "Os clássicos" sugerem que os grandes leitores encontram os melhores momentos de leitura quando lêem os grandes autores.

Os livros se tornam bons quando avançam até o limite e se arriscam a cair – quando eles obrigam o autor a ousar o que ele ainda não ousou escrever.

– SALMAN RUSHDIE (1947-)

Todos os bons livros se assemelham como se fossem mais reais que a realidade e, depois de lê-lo, sentirá como se tudo aquilo tivesse realmente acontecido e, em seguida, tudo passa a nos pertencer; o bom e o mau, o êxtase, o remorso e a tristeza, as pessoas e os lugares, até as condições do tempo.

– ERNEST HEMINGWAY (1899-1961)

O mais verdadeiro dos homens era Jó, e o mais verdadeiro dos livros é o de Salomão, e o Eclesiastes é a bigorna de aço das lamentações.

– HERMAN MELVILLE (1819-1891)

Shakespeare – agudo, frustrante, surpreendente e gratificante.

– F. SCOTT FITZGERALD (1896-1940)

Os livros, não os que nos dão prazer na leitura, mas aqueles cujos pensamentos são ousados e inesperados que o tolo não compreende, e ao tímido não atraem, e que nos torna perigosos para as instituições estabelecidas – esses são os bons livros.

– HENRY DAVID THOREAU (1817-1862)

Um grande livro nos lega inúmeras experiências e nos deixa totalmente exaustos no final. Vivemos muitas vidas enquanto o lemos.

– WILLIAM STYRON (1925-2006)

Os livros se dividem em duas categorias: os livros de horas e os livros de todos os tempos.

– JOHN RUSKIN (1819-1900)

Apenas dois tipos de livros têm apelo universal: os melhores e os piores.

– JOSEPH CONRAD (1857-1924)

"Clássico" – um livro que muitos elogiam e não lêem.

– MARK TWAIN (1835-1910)

Livros que se tornaram clássicos – que tiveram seu momento e hoje recebem mais elogios que leitura – sempre me lembram coronéis e majores aposentados que, ao passarem à reserva, vivem de meia pensão.

– THOMAS BAILEY ALDRICH (1836-1907)

Um clássico é um clássico não porque segue certas regras estruturais, ou se enquadra em determinadas definições (que seu autor provavelmente nunca ouviu falar). Ele se torna um clássico graças à sua frescura permanente e indubitável.

— EDITH WHARTON (1862-1937)

Do autor dos primeiros livros do Antigo Testamento e de Homero a Freud, Kafka e Beckett, há uma viagem no tempo de quase 3.000 anos. Como essa viagem passa por portos tão infinitos quanto Dante, Chaucer, Montaigne, Shakespeare e Tolstoi, que compensam amplamente as releituras de toda uma vida, enfrentamos o dilema pragmático de excluir alguma outra coisa toda vez que lemos ou relemos tudo isso.

— HAROLD BLOOM (1930-)

Quando relemos um clássico, não encontramos nada além do que vimos antes; vemos, sim, mais em nós mesmos do que havia antes.

— CLIFTON FADIMAN (1904-1999)

Não acredito em livros infantis. Acho que depois que lemos *As Aventuras de David Balfour*, *A Ilha do Tesouro* e *Huckleberry Finn* estamos prontos para qualquer coisa.

— SIR JOHN MORTIMER (1923-)

Há um livro que, para mim, fornece o tratado mais feliz de educação natural. Que livro maravilhoso é este? É Aristóteles? É Plínio? É Buffon? Não, é Robinson Crusoé.

— JEAN-JACQUES ROUSSEAU (1712-1778)

Leia Homero uma vez e nunca mais conseguirá ler;
Pois todos os demais livros parecerão tão simples, tão pobres,
Os poemas parecerão prosa; mas continue lendo,
E Homero será todos os livros de que precisa.

— JOHN SHEFFIELD, DUQUE DE BUCKINGHAM (1648-1721)

Só o tempo determina se o que foi escrito fica.

— ARIANO SUASSUNA (1927-)

Não há dúvida quando encontramos um livro de verdade. É como se apaixonar à primeira vista.

— CHRISTOPHER MORLEY (1890-1957)

A leal oposição

Quem imaginaria que tantos escritores bons dissessem coisas tão terríveis sobre livros? Talvez o que lhes cause tanto ódio é a frustração com certos tipos de leitores, como o comentário maliciosamente condescendente de Nietzsche sobre "pessoas comuns" e "leitura geral" soa quase doloroso. Talvez se deva ao fato de os leitores não fazerem tanto por sua leitura quanto o autor fez pelo que escreveu. Talvez seja porque, no fim, os livros não sejam a vida, e não podemos nos fechar para sempre dentro da palavra como num claustro medieval, afastando-nos do mundo e de suas agruras. Como sempre acontece na vida, o mais irônico é descobrir que os críticos literários mais ferrenhos sejam os próprios autores.

A multiplicidade de livros é um grande mal. Não há limite para a febre de escrever.

— MARTINHO LUTERO (1483-1546)

A inundação de publicações transformou a leitura em um processo de devoração em vez de degustação.

— WARREN CHAPPELL (1904-1991)

A imprensa é a maior bênção ou a maior desgraça da modernidade: por vezes, esquecemos qual das duas ela é.

— J. M. BARRIE (1860-1937)

...fazer livros é um trabalho sem fim; e muito estudo esgota o corpo.

— ECLESIASTES, CAPÍTULO 12, V. 12

"Para que serve um livro", pensou Alice, "sem ilustrações ou diálogos?"

— C. L. DODGSON (LEWIS CARROLL) (1832-1898)

Os livros são bons por si sós, mas são um grande substituto para a vida.

— ROBERT LOUIS STEVENSON (1850-1894)

Leio cada vez menos. Não perdoei os livros que me obstruíram a verdade e não me fizeram feliz.

— MASON COOLEY (1927-2002)

Encontrarás mais nas florestas que nos livros. Árvores e pedras te ensinarão o que nunca aprenderás com os mestres.

— SÃO BERNARDO DE CLARAVAL (1090-1153)

A ipoméia aberta em minha janela me agrada mais que a metafísica dos livros.

— WALT WHITMAN (1819-1892)

Aquilo que ensinam nos grandes livros está errado. O comércio na vida real raramente é tão simples e nunca é tão justo.

— ANITA BOOKMAN (1947-)

Livros... Não sei o que vêem neles... Compreendo alguém que os leia, mas não compreendo, de modo algum, por que alguém tem de escrevê-lo.

— PETER USTINOV (1921-2004)

Seu conhecimento sobre livros conseguiu, de algum modo, restringir seu conhecimento sobre o mundo.

— WILLIAM SHENSTONE (1714-1763)

Meus únicos livros foram os olhares das mulheres,
E tudo que me ensinaram foi a loucura.

— THOMAS MOORE (1779-1852)

Os livros que julgamos ter de ler são sem graça, tolos e sem sal;
Os livros que gostaríamos de ler não temos coragem de comprar;
Os livros de que as pessoas falam, nunca lembramos quais são;
E, oh, os piores de todos, são os livros que nos dão.

— CAROLYN WELLS (1862-1942)

Alguns livros são imerecidamente esquecidos, mas nunca são imerecidamente lembrados.

— W. H. AUDEN (1907-1973)

Livros de leitura geral sempre cheiram mal. Estão impregnados com o odor das pessoas comuns.

— FRIEDRICH NIETZSCHE (1844-1900)

Sempre que lemos um bom livro, é como se o autor estivesse presente, no quarto, falando conosco, e esse é o motivo por que não gosto de ler bons livros.

— JACK HANDEY (1949-)

Um dia, quando já não houver império britânico, nem república norte-americana, haverá Shakespeare; quando não se falar inglês, falar-se-á Shakespeare. Que valerão então todas as atuais discórdias?

— MACHADO DE ASSIS (1839-1908)

Um Dante só deveria ser lido por outro Dante.

— NELSON RODRIGUES (1912-1980)

A ironia

Ironia vem do grego eirónéia e significa "ação de interrogar fingindo ignorância; dissimulação" e de eirónеúomai, "fazer-se de ignorante", pelo latim ironía e, sem dúvida, as citações em "A ironia" foram ditas por aqueles que se arrogam saber demais para caçoar de livros, leitores, escritores e até de si mesmos. Sentem-se seguros em seu humor e bastante confortáveis em seu sarcasmo, mesmo lançando suas farpas em seus próprios colegas. É uma interessante reflexão sobre a idade da ansiedade que muitas das citações mais cínicas – e mais engraçadas – em "A ironia" tenham sido ditas por autores modernos. Não precisamos recuar além dos existencialistas para reconhecer o nível de incerteza sobre o significado e propósito inerentes em muitas das citações colhidas aqui. Algumas são apenas engraçadas, enquanto outras são mordazes. No mínimo os autores citados em "A ironia", no entanto, deixam claro os seus esforços em reduzir a literatura, a leitura e os escritores a seu próprio tamanho, dependendo da influência que exercem. Ninguém chuta cachorro morto.

Este nunca será um país civilizado, enquanto não gastarmos mais dinheiro em livros que em chiclete.

— ELBERT HUBBARD (1856-1915)

A diferença entre literatura e jornalismo é que o jornalismo é ilegível e a literatura não é lida.

— OSCAR WILDE (1854-1900)

Separo os leitores em dois grupos: aqueles que lêem para lembrar e aqueles que lêem para esquecer.

— WILLIAM LYON PHELPS (1865-1943)

À medida que os autores aumentam em número, é natural que os leitores se tornem mais preguiçosos.

— OLIVER GOLDSMITH (1728-1774)

Soube que a biblioteca dele se queimou, e seus dois livros foram destruídos – e um deles ainda não tinha sido colorido.

— JOHN DAWKINS (1947-)

Primeiro, somos desconhecidos, então, escrevemos um livro e somos promovidos à obscuridade.

— MARTIN MYERS (1927-)

A única coisa que nasci para ser era escritor, e esta noção se baseou apenas na minha suspeita de que nunca serviria para nenhum tipo de trabalho, e que escrever não requeria nenhum.

– RUSSELL BAKER (1925-)

Seu manuscrito é tão bom quanto original, mas a parte boa não é original, e a original não é boa.

– SAMUEL JOHNSON (1709-1784)

Do momento em que peguei seu livro até pô-lo de lado, eu me matei de rir. Pretendo lê-lo um dia.

– GROUCHO MARX (1890-1977)

Esta brochura é muito interessante, mas creio que nunca substituirá um livro de capa dura – não serve de peso para segurar a porta.

– ALFRED HITCHCOCK (1899-1980)

Sempre leia algo que lhe caia bem caso venha a morrer enquanto está lendo.

– P. J. O'ROURKE (1947-)

Se Deus quisesse que os professores de Harvard aparecessem na revista *People*, não teria inventado a *The New York Review of Books.*

– ANNA QUINDLEN (1952-)

Somente com o Prêmio Nobel consegui quebrar o gelo. Eles não conseguiam entender meus livros, mas compreendiam o valor de 30 mil dólares.

– WILLIAM FAULKNER (1897-1962)

Um livro é um espelho: se um burro olhar para ele, não podemos esperar um apóstolo olhando para fora dele.

– GEORG CHRISTOPH LICHTENBERG (1742-1799)

Acho bom que os livros existam, mas eles me dão muito sono.

– FRANK ZAPPA (1940-1993)

Há tantos livros ruins quanto mulheres feias.

— ANATOLE FRANCE (1844-1924)

Os americanos gostam de livros gordos e mulheres magras.

— RUSSELL BAKER (1925-)

Há livros cujas contracapas e orelhas são, de longe, as melhores partes.

— CHARLES DICKENS (1817-1870)

As capas deste livro estão afastadas demais.

— AMBROSE BIERCE (1842-1924)

Um livro pode ser muito divertido tendo inúmeros erros ou pode ser um completo tédio mesmo sem absurdo nenhum.

— OLIVER GOLDSMITH (1730-1774)

Os erros tipográficos são muito importantes a toda forma escrita. Dá ao leitor algo para fazer e não distraí-lo graças à total falta de conteúdo do livro.

— RANDY K. MILHOLLAND

É raro um livro sujo ficar empoeirado.

— ANÔNIMO

Macaulay parece um livro com culotes. Ele tem lampejos ocasionais de silêncio que tornam sua conversa absolutamente deliciosa.

— SYDNEY SMITH (1771-1845)

Os livros, como os seus autores, têm apenas um modo de vir ao mundo, mas há dez mil formas de sair dele sem nunca mais voltar.

— JONATHAN SWIFT (1667-1745)

A censura acaba sempre levando alguns juízes (homens) a ler um monte de livros sujos apenas com uma das mãos.

– ROBIN MORGAN (1941-)

Para se tornar um colecionador de livros é necessário combinar as piores características de um drogado com as de um avarento.

– ROBERTSON DAVIES (1913-1995)

Escrever não é necessariamente algo do qual devemos nos envergonhar, mas faça-o sozinho, e lave as mãos quando acabar.

– ROBERT A. HEINLEIN (1907-1988)

Onde a natureza humana se mostra tão fraca quanto em uma livraria?

– HENRY WARD BEECHER (1813-1887)

Fora de um cão, o livro é o melhor amigo do homem. Dentro, é muito difícil de ler.

– GROUCHO MARX (1890-1977)

Um romance tem de ser excepcionalmente bom para viver tanto quanto um gato.

– HUGH MACLENNAN (1907-1990)

Acho a televisão muito educativa. Toda vez que alguém liga a TV, vou para o outro quarto e leio um livro.

– GROUCHO MARX (1890-1977)

Se meus livros fossem piores, eu não teria sido convidado para ir a Hollywood. Se fossem melhores, eu não teria ido.

– RAYMOND CHANDLER (1888-1959)

Este romance não deve ser simplesmente posto de lado. Ele deve ser atirado com força.

– DOROTHY PARKER (1893-1967)

Um pedido de desculpas para o diabo: é preciso lembrar que ouvimos apenas um dos lados. Deus escreveu todos os livros.

– SAMUEL BUTLER (1835-1902)

Que eu saiba, as mulheres brancas nunca foram solitárias a não ser nos livros. Os homens brancos as adoravam, os negros as desejavam, e as negras trabalhavam para elas.

– MAYA ANGELOU (1928-)

Os livros históricos que não contenham mentiras são um completo tédio.

– ANATOLE FRANCE (1844-1924)

A companhia dos livros dispensa com grande vantagem a dos homens.

– MARQUÊS DE MARICÁ (1773-1848)

Herança

Os autores citados em "Herança" não apenas acham: eles sabem que os livros são importantes. Eles vêem nos livros a materialização do bem da humanidade e um registro do melhor da história. Sem a narrativa societária herdada através dos livros, a sociedade perde seu lugar e os cidadãos se perdem. Amy Lowell descobre simplesmente "a razão por que os homens trabalharam e morreram", enquanto Lance Morrow encontra terror ao pensar na "morte das palavras e dos livros". Eles não estão pregando o proselitismo quando escrevem isso, no entanto, eles estão, de fato, repetindo uma forma de "crença", uma declaração de propósito que engloba as razões por que os escritores escrevem e os leitores lêem: para encontrar a "humanidade impressa".

Felizes os povos cujos anais estão em branco nos livros de história!

— THOMAS CARLYLE (1795-1881)

Sem palavras, sem escritores, sem livros não haveria história, nem conceito de humanidade.

— HERMAN HESSE (1877-1962)

Livros são faróis erguidos sobre o grande oceano do tempo.

— E. P. WHIPPLE (1819-1886)

As imagens da mordacidade e do conhecimento do homem permanecem nos livros, livres dos enganos do tempo e capazes de se renovar perpetuamente.

— SIR FRANCIS BACON (1561-1626)

...um grande livro escrito por um grande pensador é uma nau de pensamento, lastreada com verdade e beleza.

— THEODORE PARKER (1810-1860)

Os livros vertem a sabedoria da espécie – as maiores mentes, os melhores mestres – de todas as partes do mundo e de toda a história. Munidos de toda a paciência.

— CARL SAGAN (1934-1996)

Os livros criam homilias com o tempo; eles são Templos instantâneos e marcos fundamentais.

— EDWARD GEORGE EARLE LYTTON, LORDE BULWER-LYTTON (1803-1873)

As grandes nações escrevem suas autobiografias em três manuscritos – o livro de seus feitos, o livro de suas frases e o livro de sua arte.

— JOHN RUSKIN (1819-1900)

É necessária uma grande quantidade de história para produzir um pouco de literatura.

— HENRY JAMES (1843-1916)

Nos livros jaz a alma de todo o tempo passado; a voz articulada e audível do passado, quando o corpo e sua substância material já desapareceram como um sonho.

– THOMAS CARLYLE (1795-1881)

Não há passado, enquanto existirem livros!

– EDWARD GEORGE EARLE LYTTON, LORDE BULWER-LYTTON (1803-1873)

Os livros são os legados que um grande gênio deixou para a humanidade, que passam de geração a geração, como presentes à posteridade daqueles que ainda não nasceram.

– JOSEPH ADDISON (1672-1719)

É principalmente por meio dos livros que desfrutamos do encontro com mentes superiores... Graças a Deus os livros existem. Eles contêm as vozes daqueles que estão distantes e dos mortos, e nos tornam herdeiros da vida espiritual de eras passadas. Os livros são verdadeiros niveladores. Eles dão a todos que os usarem fielmente, a sociedade, a presença espiritual dos melhores e maiores de nossa raça.

– WILLIAM ELLERY CHANNING (1780-1842)

Que segurança nos dá um livro antigo que o tempo criticou para nós!

– JAMES RUSSELL LOWELL (1819-1891)

Os livros, como os provérbios, recebem seu reconhecimento com o aval das épocas por que passaram.

– SIR WILLIAM TEMPLE (1628-1699)

Pode-se viver pensando em sua própria morte. Mas o pensamento da morte das palavras e dos livros é aterrorizante, pois significa a extinção permanente.

– LANCE MORROW (1939-)

Tudo o que a humanidade fez, pensou, conquistou ou foi permanece preservado magicamente nas páginas dos livros.

– THOMAS CARLYLE (1795-1881)

Os livros são a humanidade impressa.

— BARBARA TUCHMAN (1912-1989)

Os livros são a riqueza do mundo e a herança que cabe às nações e às futuras gerações... Seus autores são a aristocracia natural e inegável de cada sociedade e, mais do que reis ou imperadores, exercem sua influência sobre a humanidade.

— HENRY DAVID THOREAU (1817-1862)

Os livros são mais que livros, são a vida,
O melhor e o coração do passado,
A razão por que homens trabalharam e morreram,
A essência e a quintessência de suas vidas.

— AMY LOWELL (1874-1925)

Os livros são os portadores da civilização. Sem os livros, a história se cala, a literatura emburrece, o pensamento e a pesquisa se interrompem. Eles são as máquinas da mudança, as janelas do mundo, os faróis em meio ao mar do tempo.

— BARBARA TUCHMAN (1912-1989)

Os livros não serão proibidos para sempre. Eles não se queimarão. As idéias não serão aprisionadas. No final, ao longo da história, o censor e o inquisidor sempre perderam. A única arma segura contra as más idéias são idéias melhores.

— A. WHITNEY GRISWOLD (1906-1963)

De qualquer forma, [livros] possuem uma finalidade. A cultura não salva nada nem ninguém, ela não se justifica. Mas é um produto do homem: ele se projeta nela, se reconhece nela; o único espelho crítico que lhe mostra a sua imagem.

— JEAN-PAUL SARTRE (1905-1980)

Nos grandes livros, os grandes homens falam conosco, nos dão seus melhores pensamentos e derramam sua alma sobre a nossa. Graças a Deus pela existência dos livros.

— WILLIAM ELLERY CHANNING (1780-1842)

A mente americana, diferente da inglesa, não é formada por livros, mas como Carl Sandburg certa vez me disse, por jornais e pela Bíblia.

– VAN WYCK BROOKS (1886-1963)

A história mostrou que quanto menos as pessoas lêem, mais livros elas compram.

– ALBERT CAMUS (1913- 1960)

Não existe uma literatura americana simplesmente porque muitos livros são escritos por pessoas nascidas nos Estados Unidos da América. Livros que imitam ou copiam o pensamento e a vida na Europa não formam uma literatura americana. Antes que ela possa existir, uma idéia original deve animar este país e novas correntes de vida devem dar à luz novos pensamentos ao longo de suas margens.

– MARGARET FULLER (1810-1850)

Somos todos escritores. Só que uns escrevem, outros não.

– JOSÉ SARAMAGO (1922-)

Você lê a vida inteira para saber que livros reler na velhice.

– AUTRAN DOURADO (1926-)

O leitor se emociona e aí ele entende, não o contrário.

– MOACYR SCLIAR (1937-)

Eu escrevo como se fosse salvar a vida de alguém. Provavelmente a minha própria vida.

– CLARICE LISPECTOR (1920-1977)

Os grandes

Da modéstia de Abraham Lincoln ao humor controverso de Ronald Reagan, algumas citações dos grandes líderes mostram que os escritores não são os únicos que se importam com o papel dos livros na história da humanidade. Franklin Delano Roosevelt encontrou neles uma arma valiosa para o arsenal do justo, e Confúcio, um instrumento necessário para a educação de um líder. Com sua característica perspicácia, Benjamin Franklin leva a metáfora do homem como um livro ao extremo, e faz de sua morte um livro aberto. Mesmo o arquiantifederalista Thomas Jefferson encontra nos livros um tipo confiável de capital, livre da influência nociva dos banqueiros, sendo ele o dono de uma das maiores bibliotecas do período colonial norte-americano e a fonte que viria a se tornar a Biblioteca do Congresso Norte-americano.

Os livros servem para mostrar a uma pessoa que seus pensamentos não são tão originais assim.

– ABRAHAM LINCOLN (1809-1865)

Sou parte de tudo que li.

– THEODORE ROOSEVELT (1858-1919)

Leia muito, mas não livros demais.

– BENJAMIN FRANKLIN (1706-1790)

Não importa quão ocupado seja, encontre tempo para ler, ou entregue-se à ignorância voluntária.

– CONFÚCIO (551-479 A.C.)

Ler, depois de certa idade, desvia demais a mente de seus propósitos criativos. Qualquer homem que leia em demasia e use muito pouco o seu cérebro acaba por adquirir o hábito preguiçoso de pensar.

– ALBERT EINSTEIN (1879-1955)

O que quero saber está nos livros; meu melhor amigo é aquele que me dá um livro que ainda não li.

– ABRAHAM LINCOLN (1809-1865)

É bom um homem sem educação ler um livro de citações. As *Citações Familiares de Bartlett* é uma obra admirável. As citações, ao se gravarem na mente, dão-nos bons pensamentos. Elas também nos dão vontade de ler os autores e procurar mais livros.

– SIR WINSTON CHURCHILL (1874-1965)

Nada dá a um escritor prazer maior que encontrar suas obras respeitosamente citadas por outros escritores reconhecidos.

– BENJAMIN FRANKLIN (1706-1790)

Livros são capital. Uma biblioteca dura tanto quanto uma casa, por centenas de anos. Não é, portanto, um artigo de simples consumo, mas basicamente um bem de capital e, muitas vezes, no caso de profissionais liberais, o seu único capital.

– THOMAS JEFFERSON (1743-1826)

Os ganhos com a educação nunca se perdem. Os livros podem se queimar e as cidades serem saqueadas, mas a verdade, como o anseio de liberdade, vive nos corações dos humildes.

– FRANKLIN DELANO ROOSEVELT (1882-1945)

A política não é uma má profissão. Se for bem-sucedido, há muitas recompensas; se não for, sempre se poderá escrever um livro.

– RONALD REAGAN (1911-2004)

Não seja um incinerador de livros. Não pense que conseguirá esconder os erros ocultando as provas de sua existência. Não tenha medo de entrar em sua biblioteca e ler todos os livros.

– DWIGHT D. EISENHOWER (1894-1969)

Livros não se extinguem pelo fogo. As pessoas morrem, mas os livros nunca morrem. Ninguém nem nenhuma força poderá abolir a memória... Desse modo, sabemos que os livros são uma arma.

– FRANKLIN DELANO ROOSEVELT (1882-1945)

O corpo de Benjamin Franklin, o impressor (como a capa de um velho livro, rasgada ao meio) jaz ali, alimento para os vermes; mas a obra não se perderá, pois ela aparecerá (como ele acreditava) mais uma vez em uma edição nova e mais elegante, revisada e corrigida pelo autor.

– BENJAMIN FRANKLIN (1706-1790)

Os amigos

Um bom livro é como um amigo da mesma forma que um livro é um dos melhores modos de se compartilhar a amizade. Mesmo Henry Miller, ao comparar cinicamente os livros ao dinheiro, dando maior valor aos livros, reconhece, implicitamente, o poder que os livros têm de aproximar pessoas. Mas a imagem de um livro como um bom amigo, mais verdadeiro do que uma pessoa, é recorrente. Os livros são leais, confiáveis, honestos e constantes. Talvez esta seja a razão por que os citados tenham vivido os melhores momentos ao lado de um bom livro, e tenham compartilhado os melhores livros com um bom amigo.

Ainda acho os dias curtos demais para tudo que quero pensar, todas as caminhadas que quero fazer, todos os livros que quero ler, e todos os amigos que quero ver.

– JOHN BURROUGHS (1837-1921)

Bons amigos, bons livros e uma consciência limpa: eis a vida ideal.

– MARK TWAIN (1835-1920)

Apenas os amigos roubam os seus livros.

– VOLTAIRE (1694-1778)

Há muitos modos de descartar livros. Você pode dá-los aos amigos, ou aos inimigos, ou a associações de bibliotecas necessitadas. Mas a melhor maneira é emprestá-los. Então nunca mais eles voltarão a incomodá-lo.

– CAROLYN WELLS (1862-1942)

Se quiser amigos, procure-os entre os bons livros: eles são verdadeiros e nunca irão bajulá-lo nem enganá-lo.

– SIR FRANCIS BACON (1561-1626)

A primeira vez que leio um bom livro é como se tivesse ganhado um novo amigo. Quando leio um livro que já li parece que estou reencontrando um velho amigo.

– OLIVER GOLDSMITH (1728-1774)

Ninguém pode dizer que não tem amigos se tiver Deus e a companhia de um bom livro.

– ELIZABETH BARRETT BROWNING (1806-1861)

Um bom livro é o melhor amigo, o mesmo hoje e sempre.

– MARTIN FARQUHAR TUPPER (1810-1889)

Bons livros, como bons amigos, são poucos e escolhidos; quanto mais seletos, mais podemos desfrutá-los.

– LOUISA MAY ALCOTT (1832-1888)

Um sábio selecionará seus livros, pois não desejará catalogá-los como seus amigos. Alguns poderão ser aceitos apenas como conhecidos. Os melhores livros são amados e acalentados como seus bens mais preciosos. Outros servirão para um breve colóquio, para passar algumas horas agradáveis, e serem postos de lado, mas nunca esquecidos.

– JOHN ALFRED LANGFORD (1823-1903)

Os livros são os amigos mais silenciosos e constantes: os conselheiros mais compreensíveis, os mais sábios e os mais pacientes dos mestres.

– CHARLES W. ELIOT (1834-1926)

Escolha um autor como escolhe um amigo.

— SIR CHRISTOPHER WREN (1632-1723)

Quem reza a Deus à noite e pela manhã,
Mais por sua graça que por bens,
E assim passa o seu dia,
Com um livro ou amigo bem escolhido.

— SIR HENRY WOTTON (1568-1639)

Faço com meus amigos como faço com meus livros. Tenho-os onde posso encontrá-los, mas raramente uso-os.

— RALPH WALDO EMERSON (1803-1882)

Um livro não é apenas um amigo; ele atrai amigos. Quando possuíres um livro com toda a tua mente e espírito, serás mais rico. Mas ao passá-lo adiante, te tornarás mil vezes mais rico.

— JOHN MORLEY (1838-1923)

O prazer da leitura dobra quando se vive com alguém que compartilha os mesmos livros.

— KATHERINE MANSFIELD (1888-1923)

Um livro na estante é munição desperdiçada. Como o dinheiro, os livros devem ser mantidos em constante circulação. Empreste e peça emprestado o máximo que puder, tanto em livros quanto dinheiro! Mas, principalmente, em livros, pois os livros representam infinitamente muito mais que dinheiro.

— HENRY MILLER (1891-1980)

O livro traz a vantagem de a gente poder estar só e ao mesmo tempo acompanhado.

— MÁRIO QUINTANA (1906-1994)

O lúdico

Bons livros podem ser doces e úteis, mas estas citações focam mais o deleite que decorre da leitura. Seja representando um refúgio em um mundo hostil ou simplesmente uma forma de relaxar e passar o tempo, pois os livros destes autores são um modo precioso de encher o tempo ocioso. Palavras como "prazer", "lazer", "utopia", "descanso" e "paraíso" conotam o tipo de relaxamento e uma vida mais tranquila e refinada que permite uma paz e contentamento maior que o possível em outras modalidades menos pacíficas de recreação. É exatamente isto: re-criação, o restabelecimento por meio da leitura da paz que existia antes da queda, que aparece subjacente a muitas das citações aqui reunidas, mesmo a imagem bovina que G. K. Chesterton tinha dos leitores ruminando calmamente através de bucólicos acres de palavras.

Ah, sim, que antes de eu morrer
Uma casinha e imenso jardim eu possa ter;
E alguns amigos, e muito livros, todos leais,
Todos gentis, e todos também geniais!

– ABRAHAM COWLEY (1618-1667)

Apenas saber que há um bom livro nos aguardando no final de uma longa jornada faz esse dia mais feliz.

– KATHLEEN NORRIS (1880-1966)

Não há remédio mais simples que um livro que, se não nos consolar, pelo menos devolve a quietude à mente mais conturbada.

– LADY MARY WORTLEY MONTAGU (1689-1762)

Livros são uma espécie de refúgio, um refúgio claustral, das vulgaridades do mundo de hoje.

– WALTER PATER (1839-1894)

... quando vendes um livro a um homem, não lhe vendes apenas 350 gramas de papel, tinta e cola – vendes a ele uma vida totalmente nova. Amor, amizade, humor e navios ao mar à noite – cabe todo o céu e toda a terra em um livro, quero dizer, em um verdadeiro livro.

– CHRISTOPHER MORLEY (1890-1957)

Livros valiosos não são companheiros – são solidões: perdemo-nos dentro deles e todas as nossas preocupações.

– PHILIP JAMES BAILEY (1816-1902)

Procurei descanso por toda a parte e não encontrei, exceto sentado, só, em um canto, com um livrinho.

– THOMAS A. KEMPIS (1380-1471)

Livros que podemos levar até a lareira, e segurá-los firmes nas mãos, são os mais úteis de todos.

– SIR JOHN HAWKINS (1532-1595)

Nunca conheci ninguém que se enrodilhasse em frente a uma lareira com um bom laptop.

– BRIAN BRISTOL (1951-)

Sonhos, livros, cada um deles, um mundo; e livros, como sabemos
São um mundo substancial, ambos bons e puros
Em volta deles, com tendões fortes de carne e osso,
Aumentarão nosso lazer e nossa felicidade.

– WILLIAM WORDSWORTH (1770-1850)

Um Livro de Versos sob o Ramo de árvore,
Uma jarra de Vinho, uma fôrma de Pão – e Tu
Ao meu lado cantando em meio à Natureza –
Ó, a Natureza era o meu Paraíso!

– OMAR KHAYYAM (1048-1131)

Não há fragata como um livro
Para nos levar a outras terras
Nem timoneiro como uma página
De pura poesia.

– EMILY DICKINSON (1830-1886)

Há uma zona temperada na mente entre a luxuriosa indolência e o trabalho que espera ser feito; e é nesse lugar, exatamente entre a preguiça e o labor, que estão as leituras de verão.

– HENRY WARD BEECHER (1813-1887)

Lemos melhor um livro que é nosso, que conhecemos há muito tempo, e reconhecemos a topografia de suas manchas, as páginas dobradas e podemos localizar a sujeira ali contida por tê-lo lido na hora do chá com bolinhos amanteigados.

– CHARLES LAMB (1775-1834)

Literatura é minha Utopia. Aqui eu não me sinto aprisionado. Não há barreiras de entendimento entre mim e a doce e graciosa narrativa dos meus amigos livros. Eles falam comigo de forma livre e desimpedida.

– HELEN KELLER (1880-1968)

Há uma grande diferença entre um homem ansioso que quer ler um livro e um homem cansado que quer um livro para ler.

– G. K. CHESTERTON (1874-1936)

Não conheço nenhum problema que uma hora de leitura não consiga aplacar.

— CHARLES DE SECONDAT, BARÃO DE MONTESQUIEU (1689-1755)

Adquirir o hábito da leitura é construir para si um refúgio de todas as misérias da vida.

— W. SOMERSET MAUGHAM (1874-1965)

A vontade de aprender, um recanto afastado e a doce serenidade dos livros.

— HENRY WADSWORTH LONGFELLOW (1807-1882)

Qualquer coisa que lemos por prazer, lemos porque nos interessa.

— JOHN GARDNER (1933-1982)

Há o simples prazer de ler – o tipo que a vaca deve sentir em pastar.

— G. K. CHESTERTON (1874-1936)

Não importa o *status* ou a sua posição, o amante de livros é o mais rico e o mais feliz dos seres humanos.

— JOHN ALFRED LANGFORD (1823-1903)

Meus lazeres são ler, ouvir música e ficar em silêncio.

— DAME EDITH SITWELL (1887-1964)

Ó deixa-me viver como quero! E também morrer!
(Viver e morrer é tudo que tenho a fazer)
Manter a Dignidade e Postura de um Poeta,
Ver os amigos e ler os livros que me der na
veneta.

— ALEXANDER POPE (1688-1744)

A paixão da leitura é a mais inocente, aprazível e a menos dispendiosa.

— MARQUÊS DE MARICÁ (1773-1848)

O didático

Mesmo o leitor mais indulgente não pode ler apenas por prazer, ou como os autores nos querem fazer crer. Eles insistem que os livros ensinarão e os leitores aprenderão, acreditemos nisso ou não. De fato, eles insistem em dizer que esta é a função dos bons livros, de inspirar a virtude, o conhecimento de como viver bem a vida, de como ensinar o mesmo aos outros. Mesmo um cínico como Alvin Kernan reconhece implicitamente que os livros são, desde a invenção da escrita, o modo de transmitir o que realmente importa. Northrop Frye é mais incisivo sobre o papel e valor dos livros, mas ambos partem do mesmo ponto: onde Thoreau começa e termina – na palavra escrita.

A ficção revela a verdade que a realidade obscurece.

— JESSAMYN WEST (1902-1984)

Pouco aprendi, salvo que a grande parte dos feitos, fossem bons ou maus, que incorressem em infâmia, aplauso ou recompensa, dentro do âmbito das habilidades humanas, já haviam sido realizadas e poderiam ser aprendidas apenas nos livros.

— WILLIAM FAULKNER (1897-1962)

O aprendizado que encontramos nos livros é como o fogo. Nós o obtemos com os nossos vizinhos, mantemos aceso em casa, compartilhamos com outros, e se torna um bem de todos.

— VOLTAIRE (1694-1778)

Um verdadeiro bom livro me ensina mais que a lê-lo. Eu devo logo pô-lo de lado, e começar a viver o que ele me diz... O que eu comecei a ler, eu devo, por fim, fazê-lo.

– HENRY DAVID THOREAU (1817-1862)

Vamos começar esclarecendo a velha confusão entre o homem que gosta de aprender e aquele que gosta de ler, e ressaltar que não há conexão entre os dois. Um homem instruído é um entusiasta sedentário, concentrado e solitário, que procura descobrir nos livros algum vestígio de verdade sobre o qual depositou seu coração. Se a paixão pela leitura o conquistar, seus ganhos fenecem e escorrem por seus dedos. Um leitor, por outro lado, deve confirmar seu desejo de aprender desde o início; se o conhecimento lhe assentar bem, mas partir em busca dele, ler de forma sistemática, para se tornar um especialista ou uma autoridade, é bem capaz de matar o que consideramos a paixão mais humana pela leitura pura e desinteressada.

– VIRGINIA WOOLF (1882-1941)

Os livros foram meu passe livre para a liberdade pessoal. Aprendi a ler aos três anos e logo descobri que havia todo um mundo a ser conquistado muito além de nossa fazenda no Mississippi.

– OPRAH WINFREY (1954-)

Pode-se viajar por longas extensões apenas lendo livros.

– ANDREW LANG (1844-1912)

Há mais tesouros nos livros do que em todos os butins dos piratas de *A Ilha do Tesouro*.

– WALT DISNEY (1901-1966)

Depois que todos os professores fizeram o melhor por nós, o único lugar possível para adquirir conhecimento está nos livros. A verdadeira universidade de hoje é uma biblioteca.

– THOMAS CARLYLE (1795-1881)

Na era eletrônica, os livros e a leitura não deverão permanecer de forma suficientemente impositiva e imprescindível para o conhecimento para justificar a literatura.

— ALVIN KERNAN (1923-)

O livro foi a máquina tecnológica mais eficiente que o homem já inventou.

— NORTHROP FRYE (1912-1991)

Os livros não trazem sabedoria aonde antes não havia,
Mas onde há, a leitura a triplica.

— SIR JOHN HARRINGTON (1561-1612)

Não deveríamos ensinar os grandes livros; deveríamos ensinar o amor por aprender.

— B. F. SKINNER (1904-1990)

Os livros devem seguir as ciências, e não as ciências seguir os livros.

— SIR FRANCIS BACON (1561-1626)

O melhor modo de conhecer um assunto é escrever sobre ele.

— BENJAMIN DISRAELI (1804-1881)

Existem três regras para se escrever um romance. Infelizmente, ninguém sabe quais são.

— W. SOMERSET MAUGHAM (1874-1965)

O aprendizado ganhou muito mais com os livros que os impressores perderam.

— THOMAS FULLER (1608-1661)

Um livro que não dê citações, no meu entender, não é um livro, é um brinquedo.

— THOMAS LOVE PEACOCK (1785-1866)

...foi através da literatura que recebi a vida.

– PAULO MENDES CAMPOS (1922-1991)

Um país se faz com homens e livros.

– MONTEIRO LOBATO (1882-1948)

As bibliotecas

Borges salta da palavra para a vida após a morte, levando-nos ao céu com uma única frase que sintetiza o relacionamento de um bibliófilo com a biblioteca. Para o leitor, uma biblioteca é como um banco em que cada retirada puxa outra, mas, paradoxalmente, jamais reduz o capital ou o investimento feito a cada saque. Como sugere Saul Bellow, as bibliotecas exercem uma influência tão poderosa sobre os bibliófilos, que elas representam quase um perigo para leitores ávidos. Mas que caminho árduo e difícil para uma pessoa de poucos recursos para encher uma sala de livros! Uma parede com uma estante de livros parece uma pintura holandesa onde se pode entrar e começar a conversar qualquer tipo de assunto com quem mora ali. Ou como Emerson sugere, parece um harém.

Sempre imaginei o Paraíso como um tipo de biblioteca.

— JORGE LUIS BORGES (1899-1986)

Livros não são peças de decoração, mas não há nada que decore melhor uma casa.

— HENRY WARD BEECHER (1813-1887)

Eu ficaria muito contente se meus filhos se tornassem o tipo de pessoas que pensam que decorar consiste principalmente em ter o número suficiente de estantes para seus livros.

— ANNA QUINDLEN (1952-)

Os amantes de livros me compreenderão e também saberão que parte do prazer de uma biblioteca é a sua existência.

– JAN MORRIS (1926-)

Declaro, enfim, que não há prazer como a leitura! Qualquer coisa nos cansa mais que um livro! Quando tiver minha própria casa, me sentirei infeliz se não tiver uma linda biblioteca.

– JANE AUSTEN (1775-1817)

A verdadeira pobreza é a ausência de livros.

– SIDONIE GABRIELLE COLETTE (1873-1954)

A biblioteca de um homem é uma espécie de harém.

– RALPH WALDO EMERSON (1803-1882)

Uma casa sem livros é como uma sala sem janelas. Ninguém tem o direito de criar seus filhos sem cercá-los de livros, se puder comprá-los. Isso é muito ruim para sua família. As crianças aprendem a ler com a presença de livros. O amor pelo conhecimento decorre da leitura e cresce infinitamente a partir dela.

– HORACE MANN (1796-1859)

As bibliotecas não se fazem, elas crescem.

– AUGUSTINE BIRRELL (1850-1933)

Uma biblioteca, para mudar a metáfora de Sócrates, deveria ser a sala de parto para o nascimento das idéias – o local onde a história venha à luz.

– NORMAN COUSINS (1915-1990)

Seria muito melhor que tivesses uma sala cheia livros, que uma bolsa abarrotada de dinheiro.

– JOHN LYLY (CA. 1553-1606)

Teus livros, como teus amigos, poucos deveriam ser,
Para que conheçam o julgamento que deves fazer.

– WILLIAM WYCHERLEY (1640-1716)

A lista de livros que relemos e dos que não terminamos diz mais sobre nós que sobre o valor dos próprios livros.

— RUSSELL BANKS (1940-)

É uma grande coisa começar a vida com uma pequena quantidade de bons livros que sejam realmente seus.

— SIR ARTHUR CONAN DOYLE (1859-1930)

Herdar uma biblioteca é bom; mas fazê-la é melhor.

— AUGUSTINE BIRRELL (1850-1933)

Um quarto sem livros é como um corpo sem alma.

— MARCUS TULIUS CÍCERO (106-43 A.C.)

Nenhum móvel é tão atraente quanto um livro.

— SYDNEY SMITH (1771-1845)

Um homem comum pode se cercar com dois mil livros e, a partir daí, ter pelo menos um lugar no mundo onde pode ser feliz.

— AUGUSTINE BIRRELL (1850-1933)

Nenhum bem supera ou mesmo se iguala a uma boa biblioteca para quem ama os livros. Ali estão guardados para seu uso e deleite diário, uma riqueza que aumenta ao ser consumida, e prazeres que nunca enfastiam.

— JOHN ALFRED LANGFORD (1823-1903)

Em uma biblioteca estamos cercados por centenas de queridos amigos, aprisionados por um mágico em receptáculos de couro e papel.

— RALPH WALDO EMERSON (1803-1882)

Próspero: Minha biblioteca era tão grande quanto a de um duque.

– WILLIAM SHAKESPEARE (1564-1616)

Quem tem uma biblioteca e um jardim não precisa de mais nada.

– MARCUS TULIUS CÍCERO (106-43 A.C.)

Quando tenho pouco dinheiro, compro livros; e, se sobrar algum, compro roupa e comida.

– DESIDERIUS ERASMUS (1466-1536)

Nenhum lugar expõe com mais convicção o vazio das esperanças humanas do que uma biblioteca pública.

– SAMUEL JOHNSON (1709-1784)

Um livro é uma criatura frágil, sofre o desgaste do tempo, com os roedores, os elementos e as mãos desastradas... Então o bibliotecário protege os livros, não apenas contra a humanidade, mas também contra a natureza, e devota sua vida a esta guerra contra as forças do esquecimento.

– UMBERTO ECO (1832-)

Esses tomadores de livros, mutiladores de coleções, vândalos da simetria das estantes e criadores de volumes destroçados.

– CHARLES LAMB (1775-1834)

As pessoas podem perder suas vidas em bibliotecas. Elas deveriam ser advertidas disso.

– SAUL BELLOW (1915-2005)

Os leitores

A pergunta de quem veio primeiro, o leitor ou o escritor, é como o velho refrão sobre o ovo e a galinha, igualmente impossível de responder. Talvez somente importe dizer que há leitores para os escritores e vice-versa. Apesar de alguns autores destas citações demonstrarem certo desdém por certos tipos de leitores, em grande parte, eles são mais que um mal necessário. Para outros, como Harper Lee, o ato de ler é tão necessário para a vida quanto os reflexos involuntários que nos mantêm vivos. Para a maioria, a finalidade da leitura é apenas nos fazer ler ainda mais, o que sugere que a oposição entre lúdico e didático seja talvez mais falsa que verdadeira.

Se eu leio um livro que me impressione, tenho de me reequilibrar antes de falar com as pessoas, senão vão pensar que estou ficando maluca.

— ANNE FRANK (1929-1945)

Para qualquer pessoa viciada em livros de citações, encontrar uma frase nova e boa é como uma recaída de malária, com ataques febris, tremores e sonhos estranhos. Ao contrário dos verdadeiros sintomas de paludismo, porém, a sensação equivale a saborear suas citações favoritas de forma ávida e prazerosa...

— M. F. K. FISHER (1908-1992)

Nunca gostei de ler, até temer que não pudesse mais fazê-lo. Ninguém ama a própria respiração.

— HARPER LEE (1926-)

Feliz aquele que desde cedo cultivou e manteve uma genuína paixão pela leitura.

— RUFUS CHOATE (1799-1859)

Ler completa o homem.

— SIR FRANCIS BACON (1562-1626)

Para dizer a verdade, quem lê boa literatura vive mais que aquele que não lerá ou não pôde ler.

— S. I. HAYAKAWA (1906-1992)

Quando vier o Dia do Julgamento Final e os grandes conquistadores, advogados e estadistas vierem receber suas recompensas – suas coroas, seus lauréis e ver seus nomes inscritos no mármore polido – o Todo-Poderoso olhará para Pedro e dirá, não sem certa inveja, quando Ele nos vir chegando com nossos livros sob o braço: "Veja, esses não precisam de recompensas. Nada temos para dar a eles aqui. Eles amavam ler".

— VIRGINIA WOOLF (1882-1941)

Se for escritor e der seu livro a um homem da alta classe, nunca espere que ele o leia.

– PAUL FUSSELL (1924-)

Escrever lhe dá a ilusão de controle e então descobre que é apenas uma ilusão de que as pessoas darão a sua opinião sobre o que está escrito.

– DAVID SEDARIS (1956-)

Se as riquezas das Índias, ou as coroas de todos os reinos da Europa fossem colocadas aos meus pés em troca do meu amor pelos livros, eu rejeitaria todas.

– FRANÇOIS FENELON (1651-1715)

Conheço cada um dos meus livros pelo cheiro, e basta colocar o nariz entre as páginas para me lembrar de tudo.

– GEORGE GISSING (1857-1903)

No caso dos bons livros, o importante não é quantos conseguimos ler, mas quantos conseguimos compreender.

– MORTIMER J. ADLER (1902-2001)

Prefiro ser um homem pobre vivendo em um sótão rodeado de livros que um rei que não amasse ler.

– THOMAS B. MACAULAY (1800-1859)

Um bibliófilo de parcos recursos deverá sofrer muito. Os livros não cairão de suas mãos, mas voarão alto como os pássaros, com seus preços altos.

– PABLO NERUDA (1904-1973)

A natureza e os livros pertencem a quem os vê.

– RALPH WALDO EMERSON (1803-1882)

Duas pessoas nunca lêem o mesmo livro.

– EDMUND WILSON (1895-1972)

Sugiro que os únicos livros que possam nos influenciar sejam os que estivermos prontos para ler, e que tenham seguido um pouco além o caminho que tenhamos percorrido.

— E. M. FORSTER (1879-1970)

Todo mundo está tentando mudá-los, persuadi-los, atraí-los e controlá-los. Os melhores leitores lêem ficção para se livrar de todo esse barulho.

— PHILIP ROTH (1933-)

O bom leitor faz o bom livro; em todo livro ele encontra trechos que parecem segredos ou comentários escondidos de todo o resto e dirigidos especialmente para o seu ouvido; o resultado de um livro depende da sensibilidade do leitor; os pensamentos ou as paixões mais profundas estão adormecidos como em uma mina, até serem descobertos por uma mente e coração que se equipare a eles.

— RALPH WALDO EMERSON (1803-1882)

Se não tiver tempo para ler, não terá tempo nem os instrumentos para escrever.

— STEPHEN KING (1947-)

Sempre sofri com a sensação de que é melhor ler um bom livro que escrever um livro que seja ruim.

— CHRISTOPHER MORLEY (1890-1957)

Em cinco anos, seremos exatamente iguais ao que somos hoje, exceto por duas coisas: as pessoas a quem nos ligamos e os livros que lemos.

— CHARLES JONES (1912-2002)

O ignorante que lê muitos livros,
Com montes de toras em sua mente,
Com a língua edifica os seus ouvidos,
E sempre ouvir a si mesmo lhe parece
Que todos os livros, e tudo o que lê o assombra.

— ALEXANDER POPE (1688-1744)

Há pessoas que lêem demais: são bibliobêbados. Conheço alguns que estão sempre embriagados por livros, como outros que se encharcam de uísque ou religião. Eles passam pelas diversões e estímulos do mundo em meio a uma névoa, sem ver nem ouvir nada.

— H. L. MENCKEN (1880-1956)

Ele era um homem de um livro só. Alguns têm apenas um livro dentro de si mesmos; outros têm uma biblioteca.

— SYDNEY SMITH (1771-1845)

Se encontrarmos um homem de rara inteligência, devemos perguntar a ele que livros ele lê.

— RALPH WALDO EMERSON (1803-1882)

Literatura não estraga fora da geladeira nem fora da universidade.

— FABRÍCIO CARPINEJAR (1972-)

Do livro, você sente até o gosto.

— JOSÉ SARNEY (1930-)

Devorar esses livros como quem
Come folhas de alface. Devorá-los,
De muitos condimentos salpicá-los,
Para que afinal nos saibam bem.

Não feri-los, roê-los, esmagá-los.
Devorá-los com a fome que nos vem
Da esperança talvez de iluminá-los,
De revelá-los sem tristeza, sem.

— ALPHONSUS DE GUIMARAENS FILHO (1918-)

Os escritores

Começamos com o "Uso" dos livros e terminamos com a sua criação. A atitude dos escritores não apenas em relação ao que produzem e seus leitores, mas para o seu ofício, inspira esta última parte. Como escrever? O que escrever? Para quem escrever? Como evitar o que não deveria ser escrito e aqueles que não deveriam lê-lo? Em certo sentido, esta serviria como uma lacônica seção de "Como fazer" para quem aspira se tornar um escritor. De fato, é mais que isso. Destaca a pergunta por que os autores escrevem e o que eles deixam como legado: não apenas palavras e histórias, mas rastros em um vasto deserto que podem nos levar a um lugar que devemos visitar, a alguma coisa que devemos fazer – um modo de ter uma vida maior que a mera existência. O livro vive além de seu autor e se torna a conexão do leitor com a vida do escritor – "quem o tocar, toca um homem".

Foi surpreendente e decepcionante para mim descobrir que os livros de histórias tinham sido escritos por alguém, e que não eram maravilhas naturais, que nascessem sozinhas como a grama.

— EUDORA WELTY (1909-1921)

Todas as dores se tornam suportáveis se as colocarmos em uma história ou contarmos uma sobre elas.

— ISAK DINESEN (1885-1962)

Livros não são coisas mortas, mas contêm uma vida em potencial tão ativa como a alma que os concebeu; não, eles preservam como em um frasco a pura eficiência e o extrato do intelecto vivo que os engendrou.

— JOHN MILTON (1608-1674)

Não é que subordinemos nossas idéias à evidência dos fatos em uma autobiografia, mas construímos uma seqüência de histórias para reunir os fatos com uma hipótese convincente que esclareça o seu sentido.

— PHILIP ROTH (1933-)

Lexicógrafo – um autor de dicionários, um serviçal inofensivo.

— SAMUEL JOHNSON (1709-1784)

Sem ter aprendido nada em específico, sem hábito de pensar, sem qualidades nas artes da escrita, decidi escrever um livro.

— EDWARD GIBBON (1737-1794)

Sempre achei melhor escrever sem colaboradores, pois quando duas pessoas escrevem o mesmo livro, cada um pensa que fez todo o trabalho sozinho e recebe apenas a metade do mérito.

— AGATHA CHRISTIE (1890-1976)

Minha educação foi ter a liberdade de ler indiscriminadamente qualquer coisa, a qualquer momento, até meus olhos saltarem das órbitas.

— DYLAN THOMAS (1914-1953)

Se houver um livro que queira ler que ainda não foi escrito, então deverá escrevê-lo.

– TONI MORRISON (1931-)

Muitos livros não requerem reflexão daqueles que os lêem, e por uma razão muito simples: não exigiu esse mesmo esforço de quem os escreveu.

– CHARLES CALEB COTTON (1780-1832)

Um grande romance nos conta a verdade sobre o seu herói; mas um mau romance nos conta a verdade sobre seu autor.

– G. K. CHESTERTON (1874-1936)

Ninguém se importará com que fatos e pessoas foram distorcidos para se escrever um romance.

– IAN MCEWAN (1948-)

De tudo o que foi escrito, amo apenas o que se escreveu com o próprio sangue.

– FRIEDRICH NIETZSCHE (1844-1900)

A escrita é, talvez, a maior das invenções humanas, aproximando os povos, pessoas de diferentes épocas, que nunca se encontraram. Os livros quebram as correntes do tempo e provam que os homens são mágicos.

– CARL SAGAN (1934-1996)

Ninguém pode julgar um livro até ter contornado o Cabo Horn, visto dois ou três icebergs, se perdido nas areias do deserto e passado algum tempo em um cemitério.

– VAN WYCK BROOKS (1886-1963)

Escrever um livro de poesia é como jogar uma pétala de rosa no Grande Cânion e esperar o eco.

– DON MARQUIS (1878-1937)

Ninguém viveu o suficiente, a menos que tenha construído uma casa, tido um filho, ou escrito um livro.

– PROVÉRBIO ITALIANO

Nunca conte a ninguém que está escrevendo um livro, fazendo dieta, exercícios, um curso ou deixando de fumar. Elas o encorajarão a fazer o contrário.

– LYNN JOHNSTON (1947-)

Os livros servem para pessoas que querem estar em outro lugar.

– MARK TWAIN (1835-1910)

Afinal, que leis podemos estabelecer sobre os livros? A batalha de Waterloo, de fato, ocorreu em determinado dia, mas *Hamlet* é uma peça melhor que *Rei Lear*? Ninguém pode dizer. Cada um deverá responder essa pergunta por si mesmo. Aceitar autoridades, não importa quão distintas e elevadas, é destruir o espírito de liberdade que é o alento desses santuários. Em qualquer outro assunto podemos ser regidos por leis e convenções – mas ali não há nenhuma.

– VIRGINIA WOOLF (1882-1941)

Não há livros morais ou imorais. Os livros são bem ou mal escritos. Isso é tudo.

– OSCAR WILDE (1854-1900)

Não guardo exemplares dos meus livros... Eles me deixariam envergonhado. Quando termino de escrever meus livros, dou-lhes um chute no estômago e acabo com eles.

– LUDWIG BEMELMANS (1889-1962)

Os livros têm os mesmos inimigos que as pessoas: o fogo, a umidade, os animais, o tempo e seu próprio conteúdo.

– PAUL VALÉRY (1871-1945)

Não é preciso queimar livros para destruir uma cultura. Apenas faça com que parem de lê-los.

– RAY BRADBURY (1920-)

Dá-me uma pluma de condor. Dá-me o Vesúvio como tinteiro. Para produzir um grande livro, deves escolher um grande tema.

– HERMAN MELVILLE (1819-1891)

No fim, a literatura não é senão carpintaria. Com ambas trabalhamos com a realidade, um material tão duro quanto a madeira.

– GABRIEL GARCÍA MÁRQUEZ (1928-)

Nunca se deve ter livros, vinho tinto ou munição em demasia.

– RUDYARD KIPLING (1865-1936)

Um bom livro é a essência de um espírito mestre, embalsamado e guardado para viver após a morte.

– JOHN MILTON (1608-1674)

Escrever um diário é como viajar para o campo.

– CHRISTINA BALDWIN

Um bom livro deve apresentar um elemento básico. E, como Eva, deve vir de algum lugar próximo à terceira costela: deve ter um coração batendo dentro dele. Uma história que seja apenas cerebral não acrescenta muito.

– CHRISTOPHER MORLEY (1890-1957)

A literatura é uma análise após o acontecimento.

– DORIS LESSING (1919-)

Assim, a bem da verdade, estou sempre escrevendo uma autobiografia, mas devo transformá-la em ficção para lhe dar credibilidade.

– KATHERINE PATERSON (1932-)

A minha ambição é dizer em dez frases o que qualquer um diria em um livro inteiro – o que qualquer um *não* diria em um livro inteiro.

– FRIEDRICH NIETZSCHE (1844-1900)

Há livros... que se igualam, em nossa vida, à família, aos amores e à experiência passional, de tão curativos, tão raros, tão revolucionários, tão autoritários que são.

– RALPH WALDO EMERSON (1803-1882)

Sinto-me mais vivo quando escrevo do que em qualquer outro momento – exceto quando estou fazendo amor. Duas coisas que nos fazem esquecer do tempo, quando nada existe exceto aquele momento – o momento de escrever, o momento de amar. A felicidade é a total concentração.

– MAY SARTON (1912-1995)

Quantos marcaram o começo de uma nova era em sua vida a partir da leitura de um livro.

– HENRY DAVID THOREAU (1817-1862)

Sigmund Freud era um romancista com conhecimento científico. Ele apenas não sabia que era romancista. E todos aqueles estúpidos psiquiatras que o seguiram também não sabiam que ele era um romancista.

– JOHN IRVING (1942-)

Alguns livros nos deixam livres; outros nos libertam.

– RALPH WALDO EMERSON (1803-1882)

Se eu leio um livro que deixa meu corpo tão gelado que nenhum fogo consegue aquecê-lo, sei que é poesia. Se eu sinto, fisicamente, como se o topo da minha cabeça tivesse sido arrancado, sei que é poesia. Esses são os únicos modos como a reconheço. Existe algum outro modo?

– EMILY DICKINSON (1830-1886)

O que é um livro? Tudo ou nada. O olho que tudo vê.

– RALPH WALDO EMERSON (1803-1882)

Vós desprezais livros; vós, cujas vidas estão mergulhadas nas vaidades da ambição, a busca do prazer ou da indolência; mas, lembrai que todo o mundo conhecido, exceto os povos selvagens, são governados por livros.

– VOLTAIRE (1694-1778)

O verdadeiro livro não é aquele que lemos, mas aquele que nos leu.

— W. H. AUDEN (1907-1973)

Os poemas são, em geral, mais vívidos e reais que os próprios poetas.

— HERMAN HESSE (1877-1962)

Os romances que escrevo são os cães de exposição que crio e vendo para sustentar o meu gato.

— ROBERT GRAVES (1895-1985)

Escrever um romance sem que lhe peçam é como ter um filho sem ter onde morar.

— LUCY ELLMAN (1956-)

Escrever um livro é como criar filhos – a força de vontade tem muito pouco a ver com isso. Se tivermos um bebê chorando no meio da noite e dependermos apenas da nossa força de vontade para nos levantar da cama e alimentar o bebê, ele morrerá de inanição. Fazemos isso por amor. A vontade é fraca; o amor é forte. Não precisamos nos chicotear para ir até o bebê. Levantamo-nos por causa de um único bebê, por amor. É desse mesmo modo que nos sentamos para escrever.

— ANNIE DILLARD (1945-)

Escrever livros é o mais próximo que os homens podem chegar da maternidade.

— NORMAN MAILER (1923-2007)

Quando eu morrer, espero que digam:
Seus pecados eram vis, mas seus livros foram lidos.

— HILAIRE BELLOC (1870-1953)

Certamente, é agradável ver seu nome impresso,
Um livro é um livro, mesmo que não tenha nada escrito.

— GEORGE GORDON, LORDE BYRON (1788-1824)

Um exemplar de apresentação… é um exemplar de um livro que encalhou, enviado pelo autor, com seu tolo autógrafo no frontispício; por ele, se for um estranho, apenas lhe pede sua amizade; se for um colega, espera um livro seu, também encalhado, em troca.

— CHARLES LAMB (1775-1834)

Os leitores e os ouvintes gostam dos meus livros,
Mas alguns escritores não conseguem digeri-los;
Mas, que me importa? Pois, quando festejo,
Prefiro os elogios dos convidados, não dos cozinheiros.

— SIR JOHN HARRINGTON (1561-1612)

Há homens que imprimirão livros e os distribuirão mundo afora com a mesma sem-cerimônia de quem prepara um prato de carne frita.

— MIGUEL DE CERVANTES (1547-1617)

A razão por que tão poucos bons livros são escritos é porque muito poucos escritores sabem qualquer coisa.

— WALTER BAGEHOT (1825-1877)

Os livros devem ser lidos de modo tão deliberado e reservado quanto foram escritos.

— HENRY DAVID THOREAU (1817-1862)

De todas as necessidades de um livro, a maior é ser legível.

— ANTHONY TROLLOPE (1815-1882)

Sou um autor de livros em retrospecto; ensino para aprender.

– ROBERT FROST (1874-1963)

Escrever um romance é, na verdade, procurar vítimas. Quando escrevo, sempre procuro por mortos. As histórias desvendam as mortes.

– JOHN IRVING (1942-)

Escrevo livros para descobrir as coisas.

– REBECCA WEST (1892-1983)

É necessário ler meia biblioteca para se escrever um livro.

– SAMUEL JOHNSON (1709-1784)

...há mais livros sobre livros do que qualquer outro assunto: não fazemos outra coisa senão escrever e trocar elogios.

– MICHEL DE MONTAIGNE (1533-1592)

Meus livros são o que sou: o homem confuso, o homem negligente, o homem imprudente, o homem lascivo, obsceno, impetuoso, inescrupuloso, mentiroso, diabolicamente verdadeiro que sou.

– HENRY MILLER (1891-1980)

A gente pensa uma coisa, acaba escrevendo outra e o leitor entende uma terceira coisa... E, enquanto se passa tudo isso, a coisa propriamente dita começa a desconfiar que não foi propriamente dita.

– MÁRIO QUINTANA (1906-1994)

Eu não escrevo aquilo que quero, eu escrevo aquilo que sou.

– CLARICE LISPECTOR (1920-1977)

Camarada! Isto não é um livro: quem o tocar, toca um homem.

– WALT WHITMAN (1819-1892)

Apêndice biográfico

ABRAHAM COWLEY (1618-1667) — poeta inglês e monarquista durante a revolução liderada por Cromwell.

ABRAHAM LINCOLN (1809-1865) — 16º presidente dos EUA.

AGATHA CHRISTIE (1890-1976) — autora inglesa de romances e peças policiais.

ALBERT CAMUS (1913-1960) — autor, filósofo argelino, vencedor do Prêmio Nobel em 1957, autor de *O mito de Sísifo* e *O Estrangeiro*.

ALBERT EINSTEIN (1879-1955) — físico alemão naturalizado americano, que propôs a Teoria da Relatividade.

ALDOUS HUXLEY (1894-1963) — romancista inglês, autor de *Admirável Mundo Novo*.

ALEXANDER POPE (1688-1744) — poeta inglês, autor de *Pastorais*.

ALFRED HITCHCOCK (1899-1980) — diretor de filmes de suspense anglo-americano, como *Um corpo que cai*, *Janela indiscreta* e *Os pássaros*.

ALPHONSUS DE GUIMARAENS FILHO (1918-2008) — poeta brasileiro, autor de *Discurso no Deserto* e *Luz de Agora*.

ALVIN KERNAN (1921-) — erudito literário e acadêmico americano.

AMBROSE BIERCE (1842-1924) — jornalista, satirista americano, autor de *The Devil's Dictionary*.

AMY LOWELL (1874-1925) — poeta americana, vencedora do Prêmio Pulitzer de Poesia, póstumo, em 1926.

ANATOLE FRANCE (1844-1924) — romancista francês e vencedor do Prêmio Nobel em 1921, autor de *A Revolta dos Anjos*.

ANDREW LANG (1844-1912) — literato e folclorista escocês.

ANITA BOOKMAN (1947-) —

ANNA QUINDLEN (1952-) — jornalista e romancista americana.

ANNE FRANK (1929-1945) — autora de *O Diário de Anne Frank*, escrito no esconderijo onde sua família tentava se ocultar dos nazistas durante a Segunda Guerra Mundial, na Holanda.

ANNIE DILLARD (1945-) — poeta, ensaísta, crítica literária americana, autora de livros de ficção e de não-ficção, vencedora do Prêmio Pulitzer em 1975.

ANTHONY TROLLOPE (1815-1882) — romancista inglês, autor de *Como Vivemos Hoje*.

ARIANO SUASSUNA (1927-) — romancista brasileiro, membro da Academia Brasileira de Letras, autor de *O Auto da Compadecida*.

AUGUSTINE BIRRELL (1850-1933) — ensaísta e político inglês, autor de *Obiter Dicta*.

AUSTIN PHELPS (1820-1890) — ministro congregacional e educador americano.

AUTRAN DOURADO (1926-) – contista e romancista brasileiro, autor de *Ópera dos Mortos* e *Confissões de Narciso*.

B. F. SKINNER (1904-1990) — psicólogo americano, autor de *Além da Liberdade e da Dignidade*.

BARBARA TUCHMAN (1912-1989) — historiadora americana, autora de *Os Canhões de Agosto*.

BENJAMIN DISRAELI (1804-1881) — estadista conservador britânico, primeiro-ministro e romancista inglês.

BENJAMIN FRANKLIN (1706-1790) — autor, impressor, estadista, diplomata, um dos fundadores dos EUA.

BERTRAND RUSSELL (1872-1970) — filósofo, matemático inglês.

C. L. DODGSON [LEWIS CARROLL] (1832-1898) — matemático e romancista inglês, autor de *Alice no País das Maravilhas* e *Alice Por Trás do Espelho*.

C. S. LEWIS (1898-1963) — erudito, medievalista irlandês, autor de *As Crônicas de Nárnia*.

CARL SAGAN (1934-1996) — astrônomo americano, popularizador das teorias científicas.

CAROLYN WELLS (1862-1942) — poeta e romancista americana, autora de histórias de mistério.

CHARLES DE SECONDAT, BARÃO DE MONTESQUIEU (1689-1755) — filósofo político francês.

CHARLES DICKENS (1817-1870) — romancista e cronista vitoriano inglês, autor de David Copperfield.

CHARLES JONES (1912-2002) — animador, cartunista e produtor americano.

CHARLES LAMB (1775-1834) — ensaísta inglês, amigo e companheiro de Coleridge.

CHARLES W. ELIOT (1834-1926) — educador e erudito americano, ex-presidente da Universidade de Harvard.

CHRISTINA BALDWIN — autora americana de livros de memórias e de auto-ajuda.

CHRISTOPHER MORLEY (1890-1957) — jornalista e romancista americano, fundador da *The Saturday Review of Literature*.

CLARICE LISPECTOR (1920-1977) – contista e romancista brasileira, autora de *Água Viva* e *A Hora da Estrela*.

CLAUDE ADRIAN HELVETIUS (1715-1771) — filósofo e poeta francês.

CLIFTON FADIMAN (1904-1999) — autor, intelectual americano, personalidade da mídia.

CONFÚCIO (551-479 A.C.) — filósofo chinês, que enfatizava o papel do indivíduo na sociedade.

DAME EDITH SITWELL (1887-1964) — poeta, crítico e aristocrata inglês.

DARCY RIBEIRO (1922-1997) — antropólogo, escritor e político brasileiro, autor de *Maíra* e *Utopia Selvagem*.

DAVID SEDARIS (1956-) — humorista, escritor e radialista americano.

DESIDERIUS ERASMUS (1466-1536) — erudito, humanista holandês, autor de *O Elogio da Loucura*.

DON MARQUIS (1878-1937) — jornalista e humorista americano.

DORIS LESSING (1919-) — romancista inglesa, vencedora do Prêmio Nobel de Literatura em 2007.

DOROTHY PARKER (1893-1967) — contista, poeta, satirista e roteirista americana, autora de *Big Loira*.

DYLAN THOMAS (1914-1953) — poeta galês, autor de *Under Milk Wood*.

E. M. FORSTER (1879-1970) — romancista inglês, autor de *Howards End*, *Passagem para Índia* e *Uma Janela para o Amor*.

EDITH WHARTON (1862-1937) — romancista americano, autor de *A Casa do Perdão*.

EDMUND BURKE (1729-1797) — estadista, filósofo político irlandês, autor de *Reflexões sobre a Revolução na França*.

EDMUND WILSON (1895-1972) — crítico e literato americano, autor de *Estação Finlândia*.

EDWARD FITZGERALD (1809-1883) — poeta inglês, tradutor de *O Rubaiyat de Omar Khayyam*.

EDWARD GEORGE EARLE LYTTON, LORDE BULWER-LYTTON (1803-1873) — romancista inglês, autor de *Os Últimos Dias de Pompéia*.

EDWARD GIBBON (1737-1794) — historiador inglês, autor de *O Declínio e Queda do Império Romano*.

EDWARD P. MORGAN (1910-1993) — jornalista e comentarista de mídia americano.

ELBERT HUBBARD (1856-1915) — escritor, editor americano, autor de *Mensagem a Garcia*.

ELIZABETH BARRETT BROWNING (1806-1861) — poetisa vitoriana inglesa, autora de *Sonetos Portugueses*, que se casou com Robert Browning.

ELIZABETH HARDWICK (1916-2007) — crítica literária americana, fundadora da *The Saturday Review of Books*.

EMILY DICKINSON (1830-1886) — poetisa americana que vivia reclusa e publicou poucos poemas em vida.

ERNEST HEMINGWAY (1899-1961) — romancista americano, vencedor do Prêmio Nobel de Literatura em 1954, autor de *O Velho e o Mar*.

EUDORA WELTY (1909-1921) — escritora e fotógrafa sulista americana.

EZRA POUND (1885-1972) — poeta modernista americano, autor de *Os Cantos*.

F. SCOTT FITZGERALD (1896-1940) — romancista e contista americano que escreveu sobre a era do jazz.

FABRÍCIO CARPINEJAR (1972-) — poeta e cronista brasileiro, autor de *Caixa de Sapatos*.

FRANCIS QUARLES (1592-1644) — poeta inglês, autor de *Emblems*.

FRANÇOIS FENELON (1651-1715) — teólogo católico francês.

FRANKLIN DELANO ROOSEVELT (1882-1945) — 32º presidente dos EUA, eleito para quatro mandatos consecutivos em meados do século 20.

FRANZ KAFKA (1883-1924) — romancista alemão, autor de *O Processo* e *A Metamorfose*.

FRIEDRICH NIETZSCHE (1844-1900) — filósofo alemão, autor de *Assim Falou Zaratustra*.

G. K. CHESTERTON (1874-1936) — jornalista inglês, amigo de Hillaire Belloc.

GABRIEL GARCÍA MÁRQUEZ (1928-) — romancista colombiano, vencedor do Prêmio Nobel de Literatura em 1982.

GENE FOWLER (1890-1960) — jornalista e roteirista americano.

GEORG CHRISTOPH LICHTENBERG (1742-1799) — cientista, satirista e anglófilo alemão.

GEORGE BERNARD SHAW (1865-1950) — dramaturgo irlandês, vencedor do Prêmio Nobel de Literatura em 1925, autor de *Pigmaleão* e *Santa Joana*.

GEORGE GISSING (1857-1903) — romancista realista inglês, autor de *New Grub Street*.

GEORGE GORDON, LORDE BYRON (1788-1824) — poeta romântico inglês, autor de *Don Juan*.

GEORGE PLIMPTON (1927-2003) — jornalista americano, editor da *Paris Review*.

GEORGE SANTAYANA (1863-1952) — filósofo, ensaísta e romancista hispano-americano.

GROUCHO MARX (1890-1977) — comediante e astro de cinema americano.
GÜNTHER GRASS (1927-) — autor e dramaturgo alemão, vencedor do Prêmio Nobel de Literatura em 1999.
H. L. MENCKEN (1880-1956) — jornalista, ensaísta e crítico americano.
HAROLD BLOOM (1930-) — erudito e crítico literário americano.
HARPER LEE (1926-) — romancista americano, autor de *To Kill a Mockingbird.*
HEINRICH HEINE (1797-1856) — poeta lírico judeu, de nacionalidade alemã, que se converteu ao cristianismo.
HELEN EXLEY (1943-) — editora inglesa de livros-presente.
HELEN KELLER (1880-1968) — escritora americana, primeira mulher cega e surda a se formar na universidade.
HENRY JAMES (1843-1916) — romancista anglo-americano, que se focou na interação entre as vidas européia e americana do final do século 19, autor de *Um Retrato de uma Senhora.*
HENRY MILLER (1891-1980) — escritor e pintor americano de vanguarda, autor de *Trópico de Câncer.*
HENRY PEACHAM (1576-1643) — poeta inglês, autor de *O Cavalheiro Completo.*
HENRY WADSWORTH LONGFELLOW (1807-1882) — poeta americano, autor de *A Canção de Hiawatha.*
HENRY WARD BEECHER (1813-1887) — clérigo e líder abolicionista americano.
HERMAN HESSE (1877-1962) — romancista suíço-alemão, vencedor do Prêmio Nobel de Literatura em 1946, autor de *Sidarta* e *O Lobo da Estepe.*
HERMAN MELVILLE (1819-1891) — romancista americano, autor de *Moby Dick.*
HILAIRE BELLOC (1870-1953) — ensaísta, poeta, historiador e literato franco-inglês.
HORACE MANN (1796-1859) — escritor e educador americano.
HUGH MACLENNAN (1907-1990) — autor canadense e professor de Literatura Inglesa.
IAN MCEWAN (1948-) — romancista inglês, vencedor do Booker Prize.
ISAAC D'ISRAELI (1766-1848) — crítico e historiador inglês, autor de *Curiosidades da Literatura.*
ISAK DINESEN (1885-1962) — escritora dinamarquesa, autora de *Entre dois amores* e *A festa de Babette.*
J. M. BARRIE (1860-1937) — romancista e dramaturgo escocês, autor de *Peter Pan.*
JACK HANDY (1949-) — humorista americano contemporâneo, autor de *Pensamentos Profundos.*
JAMES BURKE (1936-) — autor americano de livros de suspense.
JAMES RUSSELL LOWELL (1819-1891) — poeta e crítico americano.
JANE AUSTEN (1775-1817) — romancista inglesa de costumes e precursora da ficção realista.
JEAN-JACQUES ROUSSEAU (1712-1778) — filósofo iluminista francês, autor de *O Contrato Social.*
JEAN-PAUL SARTRE (1905-1980) — filósofo existencialista, dramaturgo, crítico e romancista francês, autor de *A Náusea* e *O Muro.*
JESSAMYN WEST (1902-1984) — romancista protestante americano, autor de *A Persuasão Amistosa.*

JOHN AIKEN (1747-1822) — médico inglês, tradutor de Tácito e autor de *Principles of Midwifery.*

JOHN ALFRED LANGFORD (1823-1903) — jornalista, literato e antiquário inglês.

JOHN BURROUGHS (1837-1921) — naturalista e ensaísta americano, amigo e apoiador de Walt Whitman.

JOHN DAWKINS (1947-) — proeminente político liberal australiano.

JOHN GARDNER (1933-1982) — acadêmico e romancista americano, autor de *Grendel.*

JOHN IRVING (1942-) — romancista americano, autor de *O Mundo de Acordo com Garp.*

JOHN LYLY (1553-1606) — escritor inglês, autor de *Euphues.*

JOHN MILTON (1608-1674) — poeta e ensaísta inglês, autor de *Paraíso Perdido.*

JOHN MORLEY (1838-1923) — dono de jornal e estadista liberal britânico.

JOHN RUSKIN (1819-1900) — ensaísta, poeta e crítico de arte inglês.

JOHN SELDEN (1584-1654) — jurista e filósofo inglês.

JOHN SHEFFIELD, DUQUE DE BUCKINGHAM (1648-1721) — estadista, ensaísta e poeta inglês.

JOHN WITHERSPOON (1723-1794) — clérigo, educador americano, signatário da Declaração de Independência dos EUA.

JONATHAN SWIFT (1667-1745) — clérigo irlandês e autor de *As Viagens de Gulliver.*

JORGE LUIS BORGES (1899-1986) — contista, poeta e crítico argentino, autor de *O Aleph.*

JOSÉ MINDLIN (1914-) — advogado, empresário, bibliófilo brasileiro, membro da Academia Brasileira de Letras.

JOSÉ SARAMAGO (1922-) — escritor português, vencedor do Prêmio Nobel de Literatura em 1998, autor de *Ensaio sobre a Cegueira* e *Ensaio sobre a Lucidez.*

JOSÉ SARNEY (1930-) — escritor e político brasileiro, presidente do Brasil de 1985 a 1990, membro da Academia Brasileira de Letras, autor de *Saraminda.*

JOSEPH ADDISON (1672-1719) — poeta inglês, ensaísta e literato; editor de *The Spectator.*

JOSEPH BRODSKY (1940-1996) — poeta russo-americano, vencedor do Prêmio Nobel de Literatura em 1987.

JOSEPH CONRAD (1857-1924) — romancista inglês de nacionalidade polonesa, autor de *Coração das Trevas.*

JOYCE CAROL OATES (1938-) — autora americana, vencedora do National Book Award em 1970 e do Chicago Tribune Literary Prize em 2006.

KATHERINE MANSFIELD (1888-1923) — poetisa e contista neozelandesa.

KATHERINE PATERSON (1932-) — autora americana de livros infantis.

KATHLEEN NORRIS (1880-1966) — romancista popular americana.

LADY MARY WORTLEY MONTAGU (1689-1762) — autora epistolar, poeta e aristocrata inglesa.

LANCE MORROW (1939-) — jornalista americano.

LENORE HERSHEY (1919-1997) — jornalista americano, editor da revista *McCall's* e *The Ladies Home Journal.*

LOUIS ARAGON (1897-1982) — poeta e romancista francês.

LUCY ELLMANN (1956-) — romancista anglo-americana.

LUDWIG BEMELMANS (1898-1962) — autor e ilustrador americano de livros infantis.

LYNN JOHNSTON (1947-) — cartunista canadense.

M. F. K. FISHER (1908-1992) — autor americano sobre alimentos, tanto a preparação quanto seu papel na sociedade como um todo.

MACHADO DE ASSIS (1839-1908) — romancista, contista, poeta, cronista, dramaturgo e crítico literário brasileiro, autor de *Dom Casmurro*, fundador da Academia Brasileira de Letras em 1897.

MARCUS TULIUS CÍCERO (106-43 A.C.) — orador, estadista e filósofo político romano.

MARGARET FULLER (1810-1850) — jornalista americana e ativista de direitos femininos.

MÁRIO QUINTANA (1906-1994) — poeta brasileiro, autor de *Caderno H.*

MARK TWAIN (1835-1910) — romancista e humorista americano, autor de *As Aventuras de Huckleberry Finn.*

MARQUÊS DE MARICÁ (1773-1848) — pseudônimo de Mariano José Pereira da Fonseca, político carioca, autor de *Máximas.*

MARTIN FARQUHAR TUPPER (1810-1889) — poeta inglês, autor de *Filosofia Proverbial.*

MARTIN MYERS (1927-) — romancista e biógrafo americano.

MARTINHO LUTERO (1843-1546) — teólogo protestante alemão.

MASON COOLEY (1927-2002) — aforista americano reconhecido pela agudeza em seus comentários.

MAY SARTON (1912-1995) — romancista e poetisa americana.

MAYA ANGELOU (1928-) — poetisa, atriz e ativista de direitos civis americana.

MIGUEL DE CERVANTES SAAVEDRA (1547-1616) — contista, romancista, poeta e dramaturgo espanhol, autor de *Dom Quixote de la Mancha.*

MILTON HATOUM (1952-) — escritor brasileiro, autor de *Dois Irmãos.*

MOACYR SCLIAR (1937-) — escritor brasileiro, membro da Academia Brasileira de Letras, autor de *A Mulher que Escreveu a Bíblia.*

MONTEIRO LOBATO (1882-1948) — autor de *O Sítio do Pica-pau Amarelo.*

MORTIMER J. ADLER (1902-2000) — filósofo aristotélico americano, que abraçou o cristianismo e depois a Igreja Católica pouco antes de morrer.

NATHANIEL HAWTHORNE (1804-1864) — romancista americano, autor de *A Letra Escarlate.*

NELSON RODRIGUES (1912-1980) — dramaturgo brasileiro, autor de *Véu de Noiva.*

NORMAN COUSINS (1915-1990) — autor, jornalista americano, editor da *The Saturday Review of Books.*

NORMAN MAILER (1923-2007) — romancista americano, duas vezes vencedor do Prêmio Pulitzer em 1968 e 1979.

NORTHRUP FRYE (1912-1991) — erudito literário canadense, autor de *A Anatomia da Crítica.*

OLIVER GOLDSMITH (1728-1774) — escritor anglo-irlandês, autor de *O Vigário de Wakefield.*

OLIVER WENDELL HOMES (1809-1894) — poeta americano.

OMAR KHAYYAM (1048-1131) — poeta, matemático e filósofo persa, autor de *O Rubaiyat.*

OPRAH WINFREY (1954-) — celebridade de televisão americana, crítica literária e atriz indicada para o Oscar da Academia de Ciências e Artes.

OSCAR WILDE (1854-1900) — poeta, dramaturgo e romancista irlandês, autor de *A Importância de ser Prudente.*

P. J. O'ROURKE (1947-) — satirista conservador americano.

PABLO NERUDA (1904-1973) — poeta chileno, vencedor do Prêmio Nobel de Literatura em 1971.

PADRE ANTÔNIO VIEIRA (1608-1697) — religioso jesuíta, escritor e orador português, autor de *História do Futuro e Esperanças de Portugal.*

PAUL FUSSELL (1924-) — acadêmico americano, professor de Literatura Inglesa e estudioso das Guerras Mundiais.

PAUL VALÉRY (1871-1945) — poeta, ensaísta e filósofo francês.

PAULO MENDES CAMPOS (1922-1991) — escritor, jornalista e poeta brasileiro, autor de *Domingo Azul do Mar* e *O Amor Acaba.*

PAXTON HOOD (1820-1885) — ministro e biógrafo inglês.

PETER USTINOV (1921-2004) — ator inglês.

PHILIP D. STANHOPE, 4º CONDE DE CHESTERFIELD (1694-1773) — político e escritor inglês.

PHILIP JAMES BAILEY (1816-1902) — poeta e prosador inglês, autor de *Festus.*

PHILIP ROTH (1933-) — romancista americano, vencedor do Prêmio Pulitzer em 1997.

PLÍNIO, O JOVEM (CA. 30-112) — autor, advogado e filósofo naturalista romano.

RALPH WALDO EMERSON (1803-1882) — ensaísta e filósofo americano, líder do transcendentalismo.

RANDY K. MILHOLLAND — autor de *Something Positive*, quadrinhos para web.

RAY BRADBURY (1920-) — autor americano de livros de ficção científica.

RAYMOND CHANDLER (1888-1959) — autor americano de romances policiais.

REBECCA WEST (1892-1983) — romancista e feminista inglesa.

RICHARD STEELE (1672-1729) — escritor e político irlandês, coautor de *O Espectador.*

ROBERT A. HEINLEIN (1907-1988) — autor americano de ficção científica.

ROBERT CHAMBERS (1802-1871) — autor, editor e cientista amador escocês.

ROBERT GRAVES (1895-1985) — poeta e romancista inglês.

ROBERT LOUIS STEVENSON (1850-1894) — romancista e poeta escocês, autor de *A Ilha do Tesouro* e *O Médico e o Monstro.*

ROBERTSON DAVIES (1813-1914) — romancista e literato canadense.

ROBIN MORGAN (1941-) — autora e ativista feminista americana.

RONALD REAGAN (1911-2004) — ator americano e 40º presidente dos EUA.

RUDYARD KIPLING (1865-1936) — poeta e romancista inglês, autor de *Gunga Din* e *Mogli.*

RUFUS CHOATE (1799-1859) — orador e proeminente advogado americano de Boston.

RUSSELL BAKER (1925-) — escritor e comentarista americano, duas vezes vencedor do Prêmio Pulitzer em 1979 e 1983.

S. I. HAYAKAWA (1906-1992) — acadêmico e político americano.

SALMON RUSHDIE (1947-) — romancista anglo-indiano, autor de *Os Versos Satânicos.*

SAMUEL BUTLER (1835-1902) — romancista inglês, autor de *Erewhon.*

SAMUEL JOHNSON (1709-1784) — lexicógrafo, ensaísta, romancista, literato britânico, autor de *Rasselas* e *Dicionário da Língua Inglesa.*

SANTO AGOSTINHO (354-430) — bispo de Hipona, teólogo e doutor da Igreja Católica.

SÃO BERNARDO DE CLARAVAL (1090-1153) — abade francês, santo e doutor da Igreja, fundador da ordem cisterciense.

SAUL BELLOW (1915-2005) — romancista americano, vencedor do Prêmio Nobel de Literatura em 1976, autor de *Humboldt's Gift*.

SIDONIE GABRIELLE COLETTE (1873-1954) — romancista francesa, autora de *Chéri e Gigi*.

SIGMUND FREUD (1856-1939) — médico e psiquiatra austríaco, fundador da psicanálise.

SIR ARTHUR CONAN DOYLE (1859-1930) — autor inglês de histórias de detetive, criador de Sherlock Holmes.

SIR CHRISTOPHER WREN (1632-1723) — arquiteto inglês, que projetou a Catedral de São Paulo, em Londres.

SIR FRANCIS BACON (1561-1626) — estadista e filósofo inglês, criador do método científico.

SIR HENRY WOTTON (1568-1639) — escritor e diplomata inglês.

SIR JOHN HARRINGTON (1561-1612) — poeta e cortesão inglês, tradutor de *Orlando Furioso*.

SIR JOHN HAWKINS (1532-1595) — administrador e mercador naval inglês.

SIR JOHN MORTIMER (1923-) — romancista, dramaturgo e roteirista inglês.

SIR WILLIAM TEMPLE (1628-1699) — ensaísta e político inglês.

SIR WINSTON CHURCHILL (1874-1965) — estadista, historiador, orador, primeiro-ministro da Grã-Bretanha e vencedor do Prêmio Nobel de Literatura em 1953.

STEPHEN KING (1947-) — romancista e roteirista americano, conhecido por suas histórias de terror.

SYDNEY SMITH (1771-1845) — escritor e clérigo inglês.

THEODORE PARKER (1810-1860) — abolicionista americano.

THOMAS A. KEMPIS (1380-1471) — monge católico, autor de *Imitação de Cristo*.

THOMAS B. MACAULAY (1800-1859) — poeta, historiador e político inglês.

THOMAS BAILEY ALDRICH (1836-1907) — poeta, romancista, editor e escritor americano.

THOMAS CARLYLE (1795-1881) — ensaísta e historiador escocês, autor de *Sartor Resartus*.

THOMAS FULLER (1608-1661) — clérigo e historiador inglês.

THOMAS JEFFERSON (1743-1826) — terceiro presidente americano, autor da Declaração de Independência dos EUA, fundador do Estado da Virgínia.

THOMAS LOVE PEACOCK (1785-1866) — satirista inglês e amigo de Shelley.

TONI MORRISON (1931-) — romancista americana, vencedora do Prêmio Nobel de Literatura em 1993, autora de *Amor*.

UMBERTO ECO (1932-) — romancista e erudito italiano, especialista em literatura medieval e semiótica, autor de *O Nome da Rosa*.

VAN WYCK BROOKS (1886-1963) — critico literário americano.

VIRGINIA WOOLF (1882-1941) — romancista e ensaísta inglesa, autora de *Orlando* e *Ao Farol*.

VLADIMIR NABOKOV (1899-1977) — romancista russo-americano, autor de *Lolita*.

VOLTAIRE (1694-1778) — escritor, ensaísta e filósofo francês, autor de *Cândido*.

W. H. AUDEN (1907-1973) — poeta inglês lírico e dramático, que viveu grande parte de sua vida nos EUA, naturalizando-se americano.

W. SOMERSET MAUGHAM (1874-1965) — romancista, contista e dramaturgo inglês, autor de *Servidão Humana* e *O Fio da Navalha*.

WALT DISNEY (1901-1966) — produtor cinematográfico, fundador da Walt Disney Company, e criador de Mickey Mouse.

WALT WHITMAN (1819-1892) — poeta americano, autor de *Folhas de Relva.*

WALTER BAGEHOT (1825-1877) — empresário e ensaísta inglês, editor de *The Economist.*

WALTER PATER (1839-1894) — ensaísta e crítico de arte inglês.

WARREN CHAPPELL (1904-1991) — autor americano, *designer* de livros e tipos gráficos.

WHITNEY GRISWOLD (1906-1963) — historiador americano e ex-presidente da Universidade de Yale.

WILLIAM DEAN HOWELLS (1837-1920) — romancista realista americano.

WILLIAM ELLERY CHANNING (1780-1842) — teólogo unitarista, que influenciou o transcendentalismo americano.

WILLIAM FAULKNER (1897-1962) — romancista americano, vencedor do Prêmio Nobel de Literatura em 1949, autor de *O Som e a Fúria.*

WILLIAM HAZLITT (1778-1830) — crítico literário inglês, amigo de Coleridge e Wordsworth.

WILLIAM LYON PHELPS (1865-1943) — acadêmico americano, erudito e classicista inglês.

WILLIAM SHAKESPEARE (1564-1616) — dramaturgo, ator e poeta, autor das peças mais representadas de todos os tempos, como *Romeu e Julieta*, e de 154 sonetos publicados há 400 anos em 1609.

WILLIAM SHENSTONE (1714-1763) — poeta, paisagista inglês, autor de *A Professora.*

WILLIAM STYRON (1925-2006) — romancista americano, autor de *Confissões de Nat Turner.*

WILLIAM WORDSWORTH (1770-1850) — poeta inglês, autor de *O Prelúdio.*

WILLIAM WYCHERLEY (1640-1716) — dramaturgo do período da Restauração da monarquia inglesa, autor de *A Esposa do Campo.*

Brian Bristol

Trabalhando por 30 anos no mercado financeiro de Wall Street, Brian Bristol sempre reservou tempo para sua paixão pelos livros. Atualmente dedica-se a ampliar tanto o acervo de sua biblioteca quanto o tempo para a leitura.